風を見た少年

戰爭的寓言

C.W.尼可 C.W.Nicol——著　黃靜怡——譯

一個具有異能力的少年，能聽懂大地萬物的語言，可以飛翔於天空；經由別人的眼睛，更能讀懂此人心中的各種念頭。
他從大自然中學習到了諧和的秩序。在戰場中，人們只要看見他，便能安定心緒。
為了阻止戰爭，他犧牲了生命；他的靈魂飄盪在宇宙中，四處遊歷，到過無數的星球。
終於，有一天，他遇到了靈魂的母親……

C.W.Nicol

C.W.尼可著　黃靜怡譯

九　韵　文　化

寫給讀者

這個故事是以日文撰寫的，因此不得不依賴謄寫，對我而言，真是件苦差事。

但是，為何非得用日文撰寫不可呢？每每人們追問原因時，我通常這樣回答：「在日語世界裡，我是個八歲的男孩，因為我在日本只住了八年。」

姑且不管這些、那些了，來談談書中出現的「那傢伙」究竟是何方神聖吧！

我的生活本來都是懵懵懂懂度過的，直到經歷了「那傢伙」所說的「脫胎換骨」。即使，在脫胎換骨之前，我對於「那傢伙」一無所知，然而，我對於「那傢伙」始終懷抱無限的感覺！

六歲時，我曾動過扁桃腺手術，那是個可怕的體驗。醫院、打針、戴著怪異的口罩、無法入睡……，然後又在陌生的地方醒來、吐血。我想，那當下我已經體悟到大人口中的「死亡」——受眾人拋棄、變成孤單一人。

某個深夜，我下了床，逃出病房，在走廊上徘徊，走進一個掛滿了大鏡子的房間。一照鏡子時，映入鏡中的是一張陌生臉孔。我現在心裡還是充滿疑惑，那張臉是現在的我嗎？一張四十三歲男人的臉。

不過，當時六歲的我，看到鏡中那張臉的瞬間，不禁嚇傻了。在我第一次感受到莫名恐懼的當下，鏡中的臉孔一眨眼間恢復了正常：一個嬌小、金髮、藍眼、穿著睡衣的男孩。

該怎麼說呢？彷彿有一條超越時間與人生的線，聯繫著那時的我跟現在的我。直到如今，我仍無法解釋這種現象，但是我確信總有一天，「那傢伙」會向我說明這一切。

換個話題吧！

那是祖父過世前的事了，陷入病危狀態的祖父，忽然從床上爬了起來，雙眼炯炯有神，簡直跟健康時沒兩樣。他伸出了右手，凝視著天空，開心地喚著：

「啊！你來接我啦！」

深愛祖父的家人們，心裡早都知道他時日不多了，猜想應該是不久前過世的祖母，她的靈魂先到了祖父即將要去的地方。

「是誰啊？」伯母輕聲問道。

「是一個小男孩。」

祖父拉著清晰的嗓音回答。

「帶我去庭院吧！陽光和花叢，真美！啊，真是難以言喻的美景！來，牽著我的

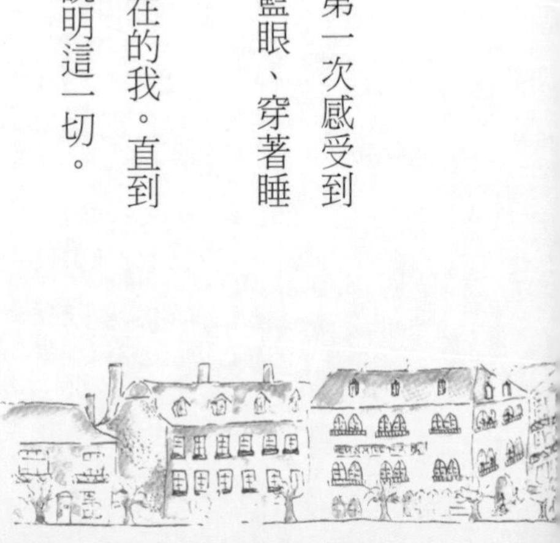

手……」

祖父的右手好似握著什麼似地，慢慢地垂落到了棉被上，就這樣停止了心跳，眼中的光芒也瞬間消失了，但臉上卻始終掛著淺淺的微笑。

或許，祖父已經跟「那傢伙」相見了，也說不定吧！

即使，那可能只是南柯一夢。

各位讀者，你們怎麼想呢？

C.W.尼克

於黑姬

第一章

一開始，我是在夢中和少年相遇的。

或許，聽起來有些不可思議：那傢伙和我目前所遇過的人截然不同，不是東方人、也不是西方人，說不上來是哪個地方的人，但臉上表情卻有一種似曾相識的感覺，那表情讓我不禁開始思考——在我變成我之前，又是誰呢？

總而言之，那男孩的表情、動作，甚至是細微的小地方，我都記得清清楚楚。那傢伙的表情，像是早就在鏡中等著我。

咦！在鏡中等待著的表情，不就是自己嗎？是呀，那傢伙像你、像我、像他，也像那傢伙的表情。這個夢，我已夢過不下千百回了。

我不認為，那個男孩只存在於夢中。現在，我甚至覺得，自我出生以來，那傢伙就一直活在我的心中，那感覺就像是對我很重要、認識很久的老朋友般。

其實，我好幾次都想忘了那傢伙的事，因為他常常說些令我介意的話。那傢伙喜歡進來我的書房，都還沒好好喝杯晨間咖啡，那傢伙就一屁股坐下，盤腿坐在我那些

重要的資料上。

「喂，我正在工作，不要來煩我！」

「工作？什麼工作？」

「寫書啦！」

「嗯！」

那傢伙目不轉睛地盯著我瞧。

「別那樣看我！這樣叫我怎麼工作？」

「是寫好書吧？要不然樹好可憐喔！」

「樹很可憐？為什麼？」

「因為叔叔你為了完成一本書，就會砍伐大量的樹木，不是嗎？所以，如果不是好書，樹不就白白犧牲，這樣不是很可憐嗎？」

「原來如此，聽你這麼一說，我倒有點不想繼續寫了。好吧，去做其他的工作了！」

「什麼樣的工作呢？」

「嗯，勞動身體的工作應該比較好吧！像是挖挖泥土、搬搬石頭……」

「嗯，叔叔搬得動石頭嗎？」

那傢伙摸摸我的肌肉。

「嗯，很大、夠硬。叔叔真的很強壯，不過……」

「不過什麼？」

「雖然外表很強壯，但內心卻好像很脆弱。」

「為什麼你會知道這種事？」

那傢伙微笑著。

「不過別在意，只要脫胎換骨，就可以改變了。」

「脫胎換骨？喂，我又不是蛇，怎麼蛻皮啊？我可是有完美的皮膚喔！」

「叔叔果然不能理解，不能理解的人怎麼寫書呢？叔叔已經蛻過好幾次皮了，只是你都不記得而已。現在請你喝杯晨間咖啡，轉換一下心情吧！我先走囉！」

滿口胡言亂語的孩子，什麼蛻皮？去！

但是，我卻始終無法忘記那傢伙說的話。那傢伙對我說過很多話，那絕對不是陌生人能講得出來的。

即使不是自己的事，他也能設身處地為所有人著想。

為什麼可以這樣呢？

該不會是因為從小就常常被罵的緣故吧！

「別大聲說話！」

「不要在走廊上唱歌！」

「不要吹口哨！」

「別當發出聲音的怪傢伙！」

「吃東西時，別發出狼吞虎嚥的聲音！」

「喝東西時，不可以發出咕嚕咕嚕的聲響！」

……還有、還有，

「什麼，在草坪上撒尿，豈有此理！」

諸如此類的……

因此，那傢伙十分清楚，哪些事情是不能表現出來的。

不能在別人面前表現出來的，不論是聲音也好、氣味也好、甚至連那件事也……

你也有這種記憶吧？

總而言之，這些事情還真是令人非常不好意思呢！但是，那傢伙卻認為，能誠實地表現自己是很好的一件事。

「請聽別人說話！」

「請吃紅蘿蔔！」

「請深呼吸！」

「請看！」

「請聽！」

「請吃！」

以簡單的英文來說，OUT是不行的，IN才是好的。

展現自己，不管是什麼，但那傢伙卻未曾在大家面前如此做過。你會怎麼看待那傢伙呢？嗯，這個問題，問了也是白問。

那傢伙是個心地善良的人，別人說的話，無論是什麼，他都會好好地聽進去。用眼睛去看，用耳朵去聽，用肌膚去感覺，用嘴巴去品嚐，像這樣的事，他比任何人都還要擅長。仔細地聽，無人時的浪濤聲也好，鳥兒鳴叫的聲音也好，連風吹過樹枝的沙沙搖曳聲也罷，那傢伙的耳朵總是比蝙蝠還要靈敏。

有一天，一大群螞蟻經過他的面前。

「啊！從最前面數過來的第十七隻螞蟻，拖著右排中間的腳，和整個隊伍行進的

步調完全不同。它究竟怎麼了？」

那傢伙突然發出了一個這樣的疑問。

結果，那隻螞蟻抬頭回答：

「沒什麼啦！前陣子跟紅螞蟻比賽足球，被踢到了。但不礙事，馬上就會好了！」

螞蟻的聲音比那腳步聲還小，小到一般人怎麼聽也聽不見，但是那傢伙卻能聽得一清二楚。

自那天開始，在螞蟻的社會裡，從黑螞蟻到紅螞蟻，從爬在地上的螞蟻，到結婚時才長出翅膀遨翔天際的螞蟻，四處都流傳著：那傢伙能聽懂我們所說的話，能確實地聽見。

然後，從蒼蠅到蜜蜂、蝴蝶……，在短短幾個星期之內，關於那傢伙的傳言，在昆蟲世界中被傳開了。

昆蟲的世界，比人類的世界要長了幾億年。以螳螂來說好了，在人類還沒出現在這個世界時，就很努力地活著。所以，人類還是別太囂張比較好。

昆蟲教了那傢伙很多事。當然，不只是昆蟲，連心情不太愉快的老烏鴉，也教會他鳥語。

事實上，不只是生物，甚至連水說的話，那傢伙也聽得懂。

他經常獨自坐在河畔，聽水說話。

「啊，這次看到好大的岩石喔！哇，嘩啦嘩啦……流得好快喔！啊啊，這次是碎石，唰唰唰……真舒服！哇哇，這次又到了更深的地方，好涼喔！」

凝望著河川裡的水，那傢伙一邊思索著，為什麼看得見水呢？

如果是乾淨清澈透亮的水，照理應該是看不見的，不是嗎？現在卻能如此清晰可見。

但是，如果水是看不見的，魚兒應該會很困擾，到底在哪裡游泳會比較好呢？越想就越無法理解……

那傢伙想到這裡，又會開始對鳥兒跟蜜蜂在空中飛翔的事感興趣。向在天空中飛翔的鳥兒打聽，一定可以得到令人滿意的答案。

但是，那傢伙不知怎麼搞的，始終認為去打聽這些事情很丟臉。

有一天傍晚，兩隻螞蟻在巢穴中比賽搬蛋。

那傢伙斜眼偷瞄了一下，結果，徹底被這場比賽吸引住，他全神貫注地看著，看

著螞蟻忙碌的身影，看到眼睛像是被針扎到般刺痛。

啊，看起來似乎很忙！

那傢伙才想到這裡，突然感覺到有個軟綿綿的東西，輕輕地觸碰他的肩膀。

原來，是一隻蜻蜓，蜻蜓的四片翅膀在夕陽餘暉下閃閃發亮。

哇，好厲害喔！

你怎麼那麼會飛啊？幾乎沒有發出什麼聲音，看似輕鬆自在地飛翔著，振翅的模樣真是非常美麗呢！

蜻蜓用那像是琢磨過的、鑽石般的眼睛，盯看著他瞧。

「因為，看得見。」

「看見什麼？」

「在我們四周的東西。」

「那是什麼？」

「看得見的東西！在我周圍的東西。」

「在我周圍的東西？那是什麼？」

「當然。」

「在我的周圍？」

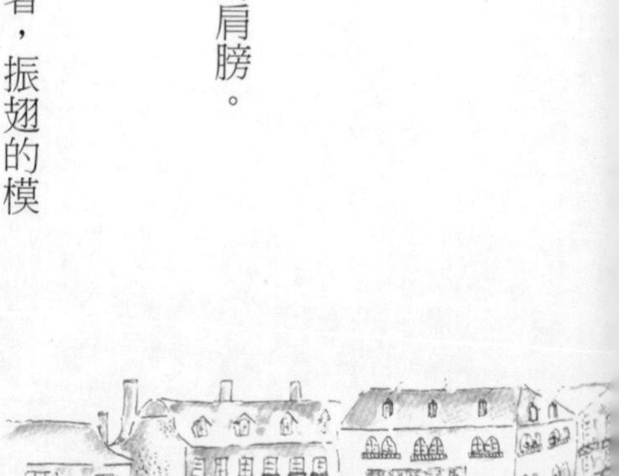

「沒錯。」

「可是，我看不見啊！」

蜻蜓極力振翅，那筆直、透明、蕾絲般的翅膀，就像在極薄的玻璃上嵌入染黑蜘蛛絲般的翅膀。

蜻蜓說道：

「你啊，可以感受到它在動吧！你應該也聽得到、摸得到吧！」

「是嗎？」

「沒錯。」

蜻蜓一邊擦著下巴，邊清理吃剩的蚊子殘骸，邊唱著歌：

「冷掉的東西，喀滋、喀滋；有刺的東西，喀滋、喀滋；乾的東西，喀滋、喀滋；弄溼的東西，喀滋、喀滋；壓它、拿起它、丟它，喀滋、喀滋、喀滋……呸！」

你可以殺它，也可以破壞它，這你應該也知道吧？「知道什麼事啊！我實在不懂。」

「蚊子很好吃嗎？」

那傢伙表情有點嫌惡地問著。

「嗯，好吃喔！為什麼要問我，你自己不會吃看看。」

那傢伙不發一語。

蜻蜓接著問：

「因為你看不到，所以不知道？」

「嗯……」

「嗯……什麼？」

「蜻蜓先生，你都叫它什麼？」

「那個嘛……有很多種說法，對你來說，你應該只知道『風』這種曖昧的名字。」

「風？」

「是啊，是風。」

那傢伙一伸出手指，蜻蜓立刻停在手指上，那傢伙把蜻蜓湊近自己的臉，直盯著蜻蜓猛瞧。

為了確定蜻蜓是不是在開玩笑，於是那傢伙說：

「如果是風的，我當然知道啊！」

「但是，你剛剛不是說看不見？」

「即使看不見，應該還是會知道吧！」

「即使看不見？」

「那是當然的啊！」

「喔……」

一說完，蜻蜓就振翅飛走了，牠飛到那傢伙的鼻子前面，像直昇機般地盤旋飛舞。聽到翅膀啪答、啪答的聲音，那傢伙不由自主地笑了出來。

「你應該懂吧！看得到嗎？看不到嗎？懂了吧！」

蜻蜓隨即揚長而去，身影消失在高高的橡樹群裡。

那傢伙發呆了好一陣子，才緩緩蹲下身來喃喃說道：

「螞蟻先生，誰贏了呢？」

然而，螞蟻們早就各自回家了。

夏至，真是炎熱的一天，風像盛夏少女的氣息般輕柔。那傢伙正在回學校的柏油路上，遠遠地就看見馬路上的湧動，說不上來那是什麼，像水一般透明的東西……。

「那是什麼？」

那傢伙自言自語說道。

話才說出口，飛過頭頂的烏鴉就說：

「是空氣，是熱空氣唷！」

「你能看得見空氣？」

「當然看得見啊！如果看不見，該怎麼飛呢？請你張大眼睛好好看，嘎、嘎……」

從那天開始，那傢伙漸漸明瞭，空氣是看得見的。

地面上飄流的空氣，雖然像水般透明，卻能清楚看見。

他也確實瞭解到空氣有許多種型態，擁有迥異的方向、氣味與強度。

鳥兒正是因為看得見風，所以能翱翔於天際，飛行方式也隨著風的變化，不斷順勢轉換，或是緩慢地飛行，或是倏忽飛騰，飛行方式全然不同。

在風吹拂之前，就能聽見樹葉被風吹動的沙沙聲。如果仔細聆聽，彷彿可以聽見葉子正在訴說著：

「風來了，好可怕、好可怕……」

「加油吧！撐著點，風來了……」

原來，像葉子這麼不起眼的東西，都能看得見風——那傢伙這麼想著。

有一天，西邊的天空中，鱗片雲像魚一樣在游泳。

那傢伙，看見了空中的樂手——二隻烏鴉，狀似愉快地拍動著翅膀。
太不可思議了，不過，那傢伙真的在飛！
頃刻之間，烏鴉們紛紛飛了過來。
「終於能飛啦！」
「老兄，你幾歲啦？飛得好慢喔！」
「唉呀呀，不是那邊的風啦，是這邊啦！」
「順著碰到山壁而往上揚的這道風，飛飛看。」
那傢伙乘著風飛到高空中，那時心裡想著，沒有比飛行還要開心的事了。
但是，仔細想想，其他人好像沒有一個會飛的。
飛行這件事，難道是不可能的嗎？
因為會清楚地看見隔壁伯父的禿頭？還是，會看到別人的家和庭院？一定有什麼理由才對。
那傢伙思考著。但是，不管如何，能夠飛的確是件快樂的事。
從那天開始，那傢伙就常常和鳥兒們一起飛翔、一起互相切磋。
有一天，那傢伙卻發現了比飛行更不可思議的可怕力量。

那天早晨，那傢伙洗了二次臉。

「沒有洗乾淨，請再洗一次！」

那傢伙本來打算聽話的，但是當他照鏡子時，映在鏡子裡的臉說：

「別看我！這個不是污垢，是雀斑。」

那張臉生氣地瞪大眼睛凝視著他。

鏡子就喀啦喀啦地破成碎片。

起初，那傢伙還不知道自己擁有這種力量。

過了幾天，那傢伙跑在田間的羊腸小徑上時，被砍斷的樹根給絆倒了。

「啊，好痛！」

那傢伙抱著被撞到的地方，跌坐在地上。

「好痛，好痛，快痛死啦……」

那傢伙生氣地望著樹根。

啪答——

樹根在一瞬間裂開了。接著，就聽到數百聲的驚叫聲。

「大事不妙了！」

「城堡崩塌了，大家小心呀！」

「兵隊緊急集合！」

「保護女王！」

「快，先將蛋運送到安全的地方！」

那是螞蟻的城堡。

那傢伙掉下眼淚，不是因為自己腳痛而哭泣，而是因為自己對螞蟻做了不好的事……

那傢伙自責地提醒自己，不能再用可怕的眼神看東西了！用那種眼神看的話，東西就會受到破壞！

第二章

過了一年。

那傢伙的國家，舉行了「關於科學與哲學」的研討會。

那傢伙對科學與哲學很感興趣，在學校的功課比誰都還要優異，但是考試的分數卻不如預期。究其原因，那傢伙思考的比其他學生都還要周詳縝密，卻羞於將他的知識表現在考卷上。

那傢伙死纏爛打地拜託學校老師，終於拿到一個星期的會議入場券，他每天下課後就飛奔去會議現場。

「那小孩是誰？」

「不知道，可能是哪位科學家或哲學家的小孩，大概在等他父親吧！！」

一開始，那些大人們還覺得他很特別，但很快地大家也就習慣了。

那傢伙每天仔細地聆聽眾多知名科學家和哲學家們的演講。

「因此，這光線……，換言之，這種能源的運用帶來了產業革命。但是我個人認

為，這個機械也有被誤用在戰爭的可能……」

禿頭教授的聲音，在挑高天花板的大廳中迴響，好像是在談論發明雷射光，仔細聽了之後，那傢伙得到一個結論：發射這種光線，必須有非常複雜的設備才行。

製造這個設備好像比製造玩具來得有趣，但是，明明是在破壞，為什麼要用這麼複雜的設備？破壞東西，就連我這種小男生也做得到，只要抱著怨恨的心情就可以了。

那傢伙越聽越覺得不可思議。

禿頭教授繼續說著：

「現在，我想讓大家瞧瞧這個實驗。」

話一說完，來了四個壯丁，把一塊大石頭搬到了舞台上。講台對面有個東西，蓋著一塊比人還要高的黑布。教授緩緩走近它，啪的一聲將黑布扯下。

那是一台機器，上下粗細一致，比一般的大人還要高、還要寬，有以鋼和水晶製作而成的細長尖挺鼻子，與以大顆紅寶石綴點而成的眼睛，外圍纏繞著閃著金黃色光芒的黃銅線圈，望之令人生畏。

教授按下開關，機器好像從沉睡中甦醒過來，發出嗡嗡嗡的聲音。

四個輪子轉動了起來，連接著它們的，是一條像是臍帶的粗大電線。

大廳的燈光暗了下來，機器的鼻尖射出一道箭般的光束，在石頭上映出了一個紅

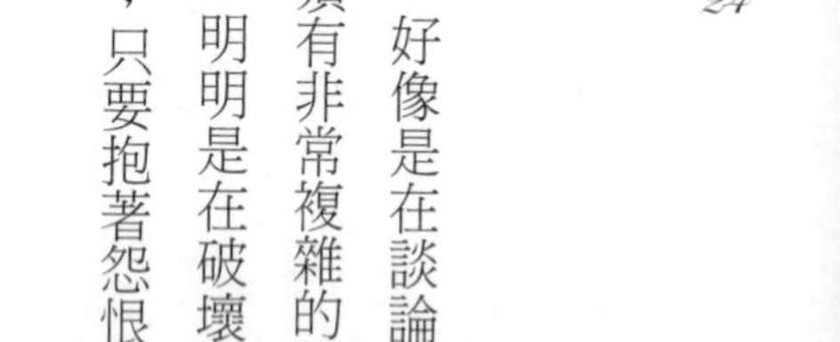

點，大廳隨之充滿了臭氧的味道，岩石傾刻被劃開了一個洞。

教授靜靜地切掉電源，大廳中所有的科學家及哲學家，受到這強大的衝擊之後，震驚地一句話都說不出來。這部能將大石頭劃開一個洞的機器，遠比之前人類所發明過的任何武器，更具有可怕的破壞力啊！

「各位，有任何問題嗎？」

教授以無比自信和威嚴十足的聲音問著。

這時，響起了一個清亮的少年聲音。原來，始終望著講台、興致盎然的那傢伙，再也忍不住滿腹疑問，鼓起了勇氣說：

「教授，這真的是個很棒、很有趣的機器，我也想要做看看呢！但是，為什麼需要這個東西啊？」

「為什麼需要？」

「嗯，就算沒有它，每個人都能夠破壞石頭呀！」

教授看了看孩子，不禁苦笑了起來。

「喔？每個人都能夠破壞石頭？」

那傢伙走到最前面。

「嗯，那麼要怎麼破壞呢？」

「怎麼破壞？嗯，我想想該怎麼說……」

「首先，專心地看著石頭，然後石頭也會回看你。石頭的視線一旦回看過來，就會產生比之前多一倍的能量，再將那個能量反彈回去，就會有另一次強度更大的回看。當視線一再來回反彈，最後石頭應該無法抵擋，然後就會碎掉了。」

那傢伙用沒什麼自信的語氣說著，大廳中的大人們聽著、聽著，竟然都放聲大笑起來。

教授說：

「這傢伙真有趣。如果真的可以的話，你就試試看吧！」

那傢伙照他自己說的，全神貫注地凝視著講台上的大石頭，講台上隨即發出了如閃電般的巨響，石頭在瞬間碎裂成四塊。

剎時之間，教授的臉色變得一如頭蓋骨般慘白，在場的科學家和哲學家們，因為太過震驚而站了起來。

大廳中一陣嘩然，科學家們都不敢相信自己的眼睛。為了再次確認剛剛發生的現象，學者們決定暫時中斷會議，全體到外面做個實驗。

大廳中有個空地，到處都有石頭。

「試試這個石頭好了。」

有一個科學家提出了建議。

此外，大家還選出六個值得信賴的科學家及哲學家，組成了緊急委員會。

其中，兩個科學家負責分析石頭的大小、重量、形狀及種類。

「這個石頭是最硬的石頭，是隨冰河運來的花崗岩。」

兩個哲學家再次將石頭仔仔細細地檢查了一遍。

「確實是純天然的石頭，沒有添加任何炸藥。」

其餘兩人則負責盤問那傢伙。

「看起來是很普通的男孩。」

「男孩，你可以從十公尺遠的地方，擊破那顆石頭嗎？十公尺應該不會太遠吧！」

「嗯，能看得到的話，就不算太遠。」

「嗯，好。」

「那就讓我們再看一次吧！」

緊急委員會的六個人，一手握著鉛筆、一手拿著筆記本，屏息等著關鍵時刻的到來，其餘學者們則在距離一百公尺之外拭目而待。

那傢伙聚精會神地盯著那塊堅硬的石頭，聚精會神地盯著……

啦、嘎啦、嘎啦……砼咚！

果然和之前一樣，堅硬的石頭四分五裂，碎成一塊一塊。這次，石頭下跟桌子般大小的平坦岩石也隨之粉碎。

緊急委員會的主席說：

「小男孩，你曾經讓別人看過這種特異功能嗎？」

「嗯，沒有。」

「明天早上可以請你再來這裡一次嗎？」

「嗯，來是可以來啦，不過現在已經是晚餐時間了，我得趕緊回家，不然會被罵耶！那就這樣，各位我先走囉，再見！」

「啊！你可以回家，不過，先在筆記本上留下你的姓名、住址，還有就讀學校好嗎？」

「真是麻煩……」

那傢伙喃喃自語的說著。

那傢伙手持紙筆陷入苦思，對他而言，閱讀是「IN」、書寫是「OUT」。那傢伙閱讀文字沒啥問題，但一說到寫字的話，就真的令他感到困擾了。此時，另一位科學

家慌慌張張地走來，對那傢伙說：

「小男孩，那個可以借我一下嗎？」

話才一說完，隨即拿走那傢伙手中的鉛筆和筆記本，在上面不知道寫了些什麼之後，交給大學的助教。那傢伙趁著這個空檔，就溜走了。

「喂，等一下！」

那傢伙邊揮手、邊叫著：

「我明天還會再來！」

那傢伙一離開，學者們立刻回到大廳召開緊急會議。

「那小孩的事情非通報政府不可。」

「不、不、不，應該再多做一點實驗。」

「那小孩的事如果被政府知道了，一定會被隨便運用，可能引起很多麻煩的事……」

在議論紛紛、莫衷一是的情況下，緊急委員會裡年紀最長的學者，一語道破問題所在。

緊急委員會之中，年紀最長的學者說：

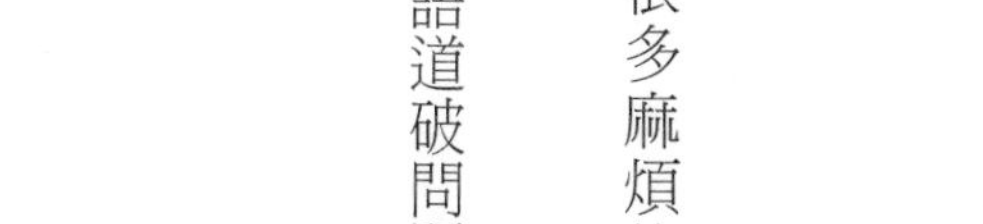

「那小孩的事一定要讓政府知道。但是在通報之前，我們有責任保護他的安全。各位，我們能保證那小孩的安全嗎？」

聽到了這些話，與會的學者們頓時啞口無言、面面相覷。

在大廳的後方，更是一片愁雲慘霧，製造出具有不可思議力量的機器的科學家，陷入苦思之中。隨後，這位機器的發明者，還悄悄地從大廳後門跑了出去。

第三章

隔天，那傢伙起個大早，迎著明亮的清晨，準備前往空地。那傢伙心想，讓那些偉大的學者們等他一個人，實在是件不禮貌的事。

一到空地，那傢伙看到一個老婆婆和好幾名農夫。老婆婆好像無法走路的樣子，因此由一名農夫攙扶著。

「您怎麼啦，老婆婆？」

「你說這個腳啊？嚴重扭傷，痛到無法走路。原本，想在太陽昇起前採些蘑菇，田埂上卻滿是石頭大小的坑洞。昨天到底發生了什麼事？哪個兔崽子在這裡惡作劇！」老婆婆氣得大聲說著。

「唉呀，好痛、好痛！真是糟糕，今天沒辦法下田，明天就不能去市場叫賣。到底是誰挖了這麼多個洞啊？」

聽了這些話，那傢伙的胸口開始隱隱作痛……

那些石頭般大小的坑洞，都是我的傑作，這下該怎麼辦？螞蟻的城堡也好，石頭也好，破壞是如此容易，復原卻這般困難。弄壞東西，果然是件不好的事。

「唉，該怎麼辦才好呢？對了，搬塊桌子般扁平的石頭，蓋住坑洞就可以了，但到哪裡找呢？好吧！我去四處找找看，非找到能填平那些坑洞的石頭不可。」

一說完，那傢伙聽到極微小的聲音，從腳邊傳了過來。

「當然，那是你該做的。原本是又舒服又隱密的洞穴，石頭的屋頂讓裡面又暗、又暖、又乾燥，我們已經在這個洞穴中幸福地生活了好幾代。如今，卻……」

那傢伙萬分抱歉地說道：

「黃鼠狼先生，真對不起，我一定會幫你找到一塊好的屋頂。無論如何，請你原諒……」

這時，突然響起警笛的聲音。原來，十二輛又大、又氣派的黑色轎車，在二十部警察摩托車的護衛下，抵達了空地旁。

那傢伙正打算為坑洞的事情道歉，卻出現了穿著黑色制服、手持棍棒及短槍的男人，大聲吼叫著：

「滾出去！這裡是國家指定區。」

「喂！小孩，怎麼沒去學校上課？不能在這裡玩！」

警官轟走了老婆婆和農夫們，立刻轉向那傢伙。

這時，昨天那位機器發明家，從一輛黑色轎車上走了下來。

「等等！好像就是昨天那個小孩。」

不過幾秒鐘的時間，那傢伙就被身穿黑色制服的男人們團團包圍，他又害怕又想哭地說：

「對不起，這些坑洞和破碎的石頭，都是我弄的。」

從旁觀察一切的上校，穿過了警官的層層包圍，俯視著那傢伙說道：

「是你嗎？是你破壞石頭的嗎？」

「嗯，是我。對不起！」那傢伙以慚愧地幾乎聽不見的聲音回答。

「沒那麼可怕，要不要坐我的車去兜風一下啊？我們來聊聊。」

「但是，我必須和科學家們見面，而且還得去上學……」

「我可是布拉尼克上校喔！」

「你要帶我去警察局嗎？」

上校大聲笑了起來。

「警察局？沒那回事，只是去兜兜風，到國家軍事管理局喝個檸檬水，邊吃點心、邊聊天罷了。」

上校一邊說話、一邊伸出右手，想牽住那傢伙。

「但是我和科學家們有約，如果不去學校的話，老師……」

「來吧！」

上校一把抓住那傢伙的手，二話不說地往前導車方向走去。

國家軍事管理局位於國家科學中心旁，是一棟四層樓的紅磚建築。外牆上小小的窗戶並排著，外側狹小的庭院裡，矗立著歷任將軍的白色大理石肖像，還有幾名站崗的軍人。

石像也好，軍人也好，彷彿靜止般一動也不動地站著。

十二輛黑色轎車和二十部摩托車，浩浩蕩蕩地通過大門前的兩座大砲和筆直敬禮的警衛士兵，在中庭停了下來。

中庭裡，有幾位少尉以上的軍官，身穿黑色西裝的國立軍事科學中心觀察員，以及將軍。

除此之外，還有昨天緊急委員會的六位科學家和那傢伙的學校導師，總共七個人，全都被士兵們圍住，臉上寫滿憂慮。

原來是發明機器的教授告了密，讓軍事管理局大為緊張，馬上緊急調查會議出席者名單，將和那傢伙有關的人都列為重要關係人，一早就將他們一一傳喚至此。

上校和那傢伙一起下了前導車。

「這邊！」上校向導師打著招呼。

「早安，老師！」

「你究竟幹了什麼好事？」

在老師準備興師問罪的當下，上校打斷了老師的話。

「你和這個小孩是什麼關係？」

「嗯，我是他的老師。」

他一說完，上校馬上就喊人：

「把他帶去做筆錄！」

六位學者一聽，臉色瞬間變得鐵青。人人皆知，軍隊找去做筆錄的人，筆錄要是做到第二次，通常是有去無回的。

「好吧，我們來談談！」

上校帶著微笑對那傢伙說道。

「那邊好像有座石像，你看得見嗎？」

在中庭的角落，有座看似塵封多年的石像，是以前國王的雕像，那天早上不知道從哪個倉庫拉出來的。

在那傢伙出生前，這個國家曾發生一次政變，善良的國王被軍隊驅逐了。

民間盛傳著國王被關進某處牢房的流言，但誰也不清楚真正的內幕，唯一可以肯定的是，現在到處都看不到國王的畫像和石像。

石像橫在中庭角落的牆壁旁，附近堆滿了一個人高的砂包，砂包上都是彈痕。石像旁邊是與人等高的柱子，柱子頂端垂下一條鏈條，柱身有些許裂痕和棕色斑點，上面也滿是彈痕。

「哦，那個看起來還蠻慈祥的老公公石像，是嗎？」

「嗯，那個滿臉鬍鬚的老公公，昨天才搬過來的，你看見啦？你能從這裡破壞它嗎？」

「啊？這是怎麼一回事？」

「你昨天不是將石頭破壞了兩次嗎？那個雕像也是石頭，你能試著破壞它嗎？」

「為什麼？」

「老公公的石像有點占空間，我們已經不想要了。如果能像昨天那樣破壞處理掉的話，那真是感激不盡，你可以做到嗎？」

上校用手指了指那六位學者，繼續說：

「聽那些人說，你只要用眼睛一看，就可以破壞石頭，不是嗎？」

在中庭角落的學者們一臉戒慎恐懼，內心不住擔憂著自己是否會被下令射殺。

那傢伙凝視著自己的鞋子，反覆說道：

「我沒辦法，我沒辦法……」

那傢伙實在不知道該說些什麼才好，突然想起上校先前說的話。

「上校，你說要請我喝檸檬水和吃餅乾的，不是嗎？」

那傢伙開始感受到周圍大人的氣氛有些不對勁，軍隊驕傲的樣子、學者們害怕的樣子，總覺得哪裡怪怪的。總之，中庭裡瀰漫著沉重灰暗的氛圍，那傢伙希望多爭取一點時間，讓自己可以好好思考、思考。

「啊，沒錯！」

「拿檸檬水和餅乾來！」

上校向士兵喊著，士兵們被這個突如其來的指示嚇得目瞪口呆。

「別站在那裡像死魚一樣。快給我拿檸檬水和餅乾來！」

士兵們立刻立正敬禮回答。

「是的，上校！」

上校對那傢伙笑了一笑，露出了滿口的金牙。

「現在可以幫我摧毀石像了嗎？」

那傢伙盯著石像直瞧，石像有張很疲憊的臉，那是一張和善的臉，不是那麼頑強的臉。石像頭上的皇冠有些彎曲，連斗蓬也有了皺摺，看起來好像很可憐的。

那老公公究竟是誰？那傢伙還在暗自猜想著，士兵就已經把東西拿來了。

「布拉尼克上校，局裡沒有檸檬水和餅乾之類的東西，只有白蘭地和魚子醬。」

士兵敬了個禮，上校則頷了頷首。

哼，大人為什麼可以說話不算話呢？當那傢伙在心裡這樣想著，卻聽到布拉尼克上校有些生氣的聲音。

「小孩，你在拖拖拉拉個什麼啊！」

「我真的沒辦法！」

那傢伙鼓足了勇氣，才說出這句話。

萬萬沒想到，話一說完，「啪！」的一聲，上校用他又大又粗的手，賞了那傢伙一記耳光。那傢伙從出生以來，頭一次被打，這真是嚇壞他了。他眼冒金星，耳鳴、想哭卻哭不出來，驚嚇地盯著上校那張充滿怒氣的紅臉。

那傢伙從出生以來對大人的滿腹怒火，終於在這時候爆發。嗯，該怎麼說明當時的狀況呢？好像很難解釋！其實，那傢伙只想回敬一下上校那個可怕的眼神。

上校的身體「咻！」地一下子飛到了二公尺以外，屁股「咚！」地一聲著地。誰也說不出是哪一方受到驚嚇了？是上校？還是小孩？

上校那燙得筆直的黑色軍服褲子上，沾了滿屁股的灰塵及泥土，看起來就像一張生氣的臉，軍隊的人和警官們都嚇了一大跳。

這時，一位學者竟不假思索地笑了出來，上校怒不可遏地大聲咆哮，軍隊的每個人無不心驚膽跳，久久不敢動彈。

「逮捕他！」

上校直指著小孩，以似乎要殺掉他的語氣大喊。

那傢伙以敏捷的身手快步竄逃，軍隊的人實在難以馬上抓到，然而，中庭入口處是座厚厚的鐵門，那傢伙根本無法逃出中庭。「你給我站住！」

「再跑我就打死你！」

上校大聲斥責著。

一聽到這些話，方才笑出聲來的學者說道：

「上校，拜託你！他只是個小孩，請別對他施暴！」

話才說完，上校立刻從腰際掏出手槍，射殺了那位學者。整個中庭迴響著震耳欲

聾的槍擊聲，原本騷動不已的軍隊霎時都停下動作，上校大步走向那傢伙，手上的手槍還在冒著煙。

這時，那傢伙聽到從屋頂上傳來的微弱聲音，是停在擋雨板上的一隻麻雀，牠看到了這一切。對麻雀而言，中庭的槍聲和教堂正午的鐘聲一樣，絲毫都不稀奇。

「唉！那不是看得見風的男孩嗎？飛啊，現在只能飛啊！」

一聽到這席話，那傢伙馬上展開雙臂，咻咻地飛走了。

上校邊瞄準那傢伙，邊大聲吼著：

「不准動！」

但是，現在那傢伙一點也不害怕，怒目瞪視著那把手槍，怒目瞪視直到……手槍前端「啪」地一聲裂了開來。因為手槍裂開的衝擊力太大，上校的手腕竟麻痺到舉不起來。

那傢伙不斷揮振著手腕，就像飛上天空的鳥兒般，慢慢地離開了地面，飛到一個大人身高的高度時，上校突然大夢驚醒般高聲喝令：

「將他拿下。」

士兵們死命地想抓住那傢伙的腳，但是他早已從容不迫往天空飛。其實，在這個中庭裡，因為看不到風，所以很難飛行，那傢伙的手腕開始有點痠、有點累，但是為了活

命，還是繼續奮力地揮動雙手。那傢伙漸漸地飛上了天空，麻雀也一直為他加油打氣。

「加油！再飛一點點就可以看到風了！加油！」

「瞄準！」

眼睛充滿血絲的布拉尼克上校大吼著。

士兵們瞄準了正在飛翔的那傢伙，但沒有一個人想射殺那小孩，幾個士兵懼於上校的淫威，雖然扣住板機卻不發動射擊。

那傢伙飛到建築物四層樓左右的高度時，就像麻雀說的，看得見風了——一股清澈、涼爽、舒適的風，正在流動著。

「應該看得見吧！再加點油！」

那傢伙已經飛得比屋頂還高了，乘著風越飛越高、越飛越遠，飛到看不到士兵的地方。流在中庭的五個學者面面相覷，大概都不敢相信自己雙眼所見到的景象吧！

其中一個學者跪在身亡倒地的學者旁邊，有氣無力地舉著手，流著淚喃喃說道：

「平安地逃走吧！乘著風遠遠地飛走吧……」

然而，上校的眼睛卻浮現出地獄般的神色。

第四章

一條大河流貫這個國家的中央，晴朗的春日裡，數不盡的鮭魚正逆著急流奮力往前游，連續出現好幾個瀑布之前的寬闊砂礫地，是鮭魚洄游產卵之旅的終點。從這個鮭魚產卵的祕境再往前，不僅河流兩側是高聳的懸崖，放眼望去還有個大瀑布，人類和熊都不容易接近，連鮭魚也無法繼續往上游，唯一能飛越瀑布的，大概只有鳥吧！

從前來這裡淘金和尋找翡翠的人們，都叫它「鬼嚎瀑布」，瀑布之上是嘉魚和鱒魚等一些河川魚類棲息的地方，然而，幾乎沒有人到過那裡。

從最靠近這裡的都市，乘坐腳力強壯的馬匹，大約需要花上兩個星期的路程，才能走到這個令人害怕的瀑布附近。

根據親眼看過這個瀑布的人表示，鬼嚎瀑布是個難以靠近的危險之地，遠遠眺望之際，耳畔就能聽到從瀑布傳來的聲響——彷彿男人墜落時的嗚咽，夾雜著鬼哭神嚎般的呻吟。

這雖然地方十分可怕，卻也非常令人嚮往，淘金客們只要喝了點酒，就會不斷反覆地說著鬼嚎瀑布的傳說。

淘金客之間盛傳著一個公開的祕密：從鬼嚎瀑布順流而下，就會到達黃金和翡翠蘊藏最豐富的地方。當然，從來沒有人敢真正嘗試，這只是淘金客聚在一起閒嗑牙的話題。

然而，當地流傳著一首非常古老的歌謠：

飛過鬼的喉嚨，
就會變成龍。
抓住龍的尾巴，
就會飛向天國。

鬼嚎瀑布下的河川一分為二，一條支流向東，一條繼續向西流。

東支流和西支流，如同競爭對手般激烈地角逐，各自奔流於深長的峽谷之間，壯觀的白色水花四濺而起。

流過一段距離之後，東支流和西支流便轉向往南流，變成兩條平行的河流。

這兩道支流奔流了幾公里後，又再度合而為一，猶如久別重逢的戀人般，唱著歡喜的歌，一同向前奔流，奔流了約三公里左右，就能看到掛著好幾道彩虹的另一座瀑布。

這個瀑布以轟轟的奔流之聲，贏得了「鬼子」這個家喻戶曉的名字。

然而，這座神秘瀑布究竟是否真的存在，連這個國家的政府都不見得知道。總而言之，從這座夢幻瀑布傾洩而下的流水，形成一條稱為「鬼子川」的河流，是確確實實存在的，這條又寬又湍急的河流，是鮭魚往返大海與陸地的必經之路。

鬼子川的流速湍急，十分危險，從來就不是適合人類行經的道路。

託此之福，溯河而上的鮭魚才能在此安心產卵，珍貴的黃金和翡翠玉石才能繼續留在乾淨的砂礫中，沒有遭到熊和人類的隨意糟蹋。

這個桃花源應該可以與世隔絕、不受干擾吧！

東西支流間，形成了一個心型的島嶼。

環繞這座島的不是海，而是河川……

這座受到高聳懸崖及乳白色群山包圍的島嶼，從以前就是座孤立的島，這裡只有擅於飛行的鳥棲息。

假如風向正確的話，在島嶼附近可以聽到鬼嚎瀑布和鬼子瀑布的澎湃水聲，兩座瀑布前仆後繼的奔流之聲，彷彿是大自然的立體音效。

兩座瀑布形成的的迴音，宛若巨人的脈搏起伏，可以聽得一清二楚。因此，這個島嶼也被稱為「心臟」。

由於，警察和軍隊所控制的城市範圍，僅限於這個國家的北部，當那傢伙乘著風，飛過了這座島嶼就安全了。

那傢伙坐在石頭上聽到「心臟」的脈動，想起了那個死去的學者的臉。他感到非常悲傷，一個人獨自哭泣了起來。

那傢伙的背後是個陡峭的坡道，前方則是鬼子川的支流，頭頂還有兩隻金色老鷹

正在盤旋。

這一幕景像，靜靜地、美麗地存在，就像一處無法言喻的寂寞之所。

夕陽西下，黃昏美景當前，卻不知道從哪裡冒出了一隻熊。

雖說是熊，可是跟在動物園裡看到的又不一樣，是住在洞穴裡的稀有種類，消失在人類眼前已經好幾千年。

這座心臟之島在地圖上是找不到的，當然，這個國家的人們也不知道這裡有洞穴熊的存在。

緩緩走近那傢伙的，是一隻令人生畏的公熊。

公熊用牠那雙瞇瞇眼，盯著坐在坡道上的那傢伙猛瞧，低聲悶吼著：

「你來做什麼？為什麼而來？」

「你從懸崖上跌下來的嗎？」

此時，從天際飛下一隻金色老鷹，降落在熊的眼前。

公熊舉起前腳向老鷹打招呼，牠「啪噠、啪噠、啪噠、啪噠」地，左右搖擺著足足有男人兩倍高的身體，問道：

「喂！是金鷹嗎？」

「嗯，烏爾斯，你好啊！」

金鷹以黑琥珀色的眼睛望向公熊。

「你打算做什麼？」

「這小子好像是從懸崖上跌下來的裸體熊，裸體熊可是不能來的唷！這裡可是烏爾斯的王國。」

「嘿！連我也不能來嗎？」

公熊烏爾斯嘟嘟囔囔的抱怨，金鷹口氣冷淡地反問著。

公熊思索了一下，慢條斯理的說：

「你們從以前就在這裡了，金鷹住在山頂，烏爾斯則住在山洞中。」

「河川裡的鮭魚和鱒魚大家平分著吃，老鼠和兔子則全部歸我，這是從以前就約定好的。可是，裸體熊就不一樣了，讓給我吃吧！」

金色老鷹張開了翅膀，正色說道：

「那小孩的確是隻裸體熊，卻又不是真正裸體的熊喔！那小孩看得見風……」

「這個男孩跟老鷹一樣從空中飛來的，是乘著風來守護我們的。烏爾斯，我可是有責任的，你這次就聽我的勸告吧！」

「現在，這孩子已經累壞了，讓他在這裡好好休息吧！」

公熊一邊左右搖晃、一邊反覆思考著：

「好吧！看在你的份上，我就放他一馬吧！」

金鷹聽到這個承諾，隨即舒展羽翼、振翅騰空，「咻」一聲飛走了。

「集合！」

烏爾斯在山洞裡大聲地嘶吼著。

烏爾斯的這聲吼叫，在心臟之島的山林間不斷迴響。許許多多的熊，從心臟山的洞穴中跑了出來，猶如野火燎原而倉皇逃出洞穴的老鼠般浩繁。

踢躂、踢躂……，嘎啦、嘎啦……，從洞穴竄出的熊漸漸聚集了過來，遠遠地就聽到宛若雷鳴的騷動擾攘。

「啊！那是什麼？」

「不是裸體熊嗎？」

「是裸體熊的小孩啦！」

「什麼？有裸體熊！」

「從懸崖上跌下來的嗎？」

「不要管他，應該比較好吧！」

眾熊們七嘴八舌紛紛議論，嘰哩呱啦地說個不停。

「安靜！」

烏爾斯大聲喝令。

「聽著！不可以殺掉這個裸體熊，他是金鷹的朋友。」

「那傢伙可不是單純的裸體熊。雖然他看起來是個很虛弱、很討人厭的無毛生物，不過這小子看得見風。」

「或許這個命令會讓大家有些痛苦為難，但這是國王的命令，烏爾斯王的命令。不服從的，現在可以報上名來！」

這是一場熊的集會。

依據傳統，反抗烏爾斯國王命令的熊，必須和國王決鬥分出勝負，勝者為王，輸者只有死路一條。

一頭灰色鼻子的老熊說：

「烏爾斯，我可以問這個孩子幾個問題嗎？」

「好，我同意！」

「喂，你都吃什麼？」

「嗯！最喜歡吃餅乾，還有燕麥粥加蜂蜜和牛奶，還有蘋果和草莓，奶油……」

「等等，餅乾是什麼啊？用什麼做的？」

「嗯！我想餅乾是小麥粉和糖做成的，好像還加了一些發粉吧！」

那傢伙稍稍遲疑了一下。

「啊！不對、不對，那是麵包的做法。」

老熊再提出一個疑問：

「那燕麥粥又是什麼呢？」

那傢伙又想了一下。

「燕麥是麥子碾過以後，從裡面拿出來的果實。我記得小時候，我的奶奶都用石臼磨碎它，然後放在鍋裡慢慢熬煮。」

「你吃肉嗎？」

老熊帶著嫌惡的語氣發問，那傢伙頓時沉默了。

「盤子裡的東西要全部吃掉，沒吃完就不給你吃甜點。」

這句被罵了不下千百回的話，突然再度清晰浮現腦海之中。

以前雖然一直被責罵，但是不喜歡吃的食物，無論如何還是無法下嚥。

「說話啊！」

烏爾斯用可怕的聲音催道。

「我……討厭吃肉，因為動物很可憐。即使給我甜點吃，我還是不能吃肉。」

這時，從熊群當中，發出了一聲又一聲的嘆息聲。

老熊鄭重其事地說：

「洞穴中的各位，根據古老的傳說，這種裸體熊的確是存在的，好像都吃蔬菜、植物果實、根莖類、蜜蜂和魚，但就是不吃死去動物的肉。」

「在很久以前，這種裸體熊和我們洞穴熊一起住在這個心臟山。這小子，一定是那種族的遺族。讓他加入我們吧！」

嘰哩、嘰哩，咕嚕、咕嚕……，熊族之間開始熱烈地討論了起來。

不一會兒，烏爾斯王正色說道：

「還有其他問題嗎？」

一隻胖母熊，提出了心中最擔憂的問題疑問。

「讓他加入我們是無所謂，但是食物該從哪裡取得？我和我小孩的份已經沒有多餘的了。秋天時還能分他一些樹果，但現在真的不行喔！」

「讓他留在這裡的話，真的會令人很困擾。」

聽胖母熊說完，烏爾斯立即說道：

「烏爾莎，妳真是貪吃！不過，我可以理解你的困擾。」

「有誰能分這小孩一些食物嗎？這傢伙還小，吃不了什麼的。」

聽到這裡，有隻母熊立刻向前說道：

「烏爾斯，我一個月前死了一個小孩，現在身邊只剩一隻，小熊沒有玩伴實在很寂寞，能將他給我嗎？」

「好！」

烏爾斯轉身對那傢伙說：

「小子，你好好聽著。這個烏爾莎將成為你的母親，從今天開始，你要好好聽媽媽的話，做個乖孩子。」

在洞穴熊的世界裡，只有二個名字：烏爾斯和烏爾莎。

所有的公熊都叫烏爾斯，所有的母熊都叫烏爾莎。

「好吧！洞穴熊族的各位，我希望大家都能好好記住這個新加入孩子的味道。」

烏爾斯王下達命令之後，群熊一個接著一個過來嗅聞，並牢牢記住了孩子的味道。

在洞穴熊族之間，是以味道來區分彼此的，味道就代表了名字。

聞味道的儀式結束之後，那傢伙就跟著新媽媽爬上了山坡。

初次見面的小熊和那傢伙，似乎很開心地互相推擠著。
飛在高空中的金鷹，親眼目睹了這一切。

第五章

那傢伙的新家，是位於心臟山南邊山坡上的一個洞穴。雖然洞穴總是讓人覺得有點害怕，但對那傢伙而言，這個熊之家真的就好像是自己的家。

他總是和小熊弟弟膩在一起，睡覺時才窩到熊阿姨溫暖的身體旁，床鋪則是由柔軟乾燥的青草與葉子鋪成。

烏爾莎是一位非常親切、也非常嚴厲的阿姨。

只要被她發現太接近山崖邊，或是危險洞穴的隧道，她就會發怒。連經過別隻熊的地盤時，她也會謹慎地教導大家要注意禮節。

烏爾莎還特別告誡他們，絕對不能靠近那片因為懸崖塌陷所形成的南向石坡。

但是，那傢伙在找尋石頭——一塊又大又平滑的石頭。那傢伙很介意他弄壞黃鼠狼家的屋頂這件事，一直想找塊適合的石頭，好好修補被他破壞的黃鼠狼家屋頂。

雖然，平滑的石頭隨處可見，但他總是認為：這可能是其他動物家的屋頂，或是螞蟻城的屋頂也說不定……。因此，他無法隨便地搬動石頭。

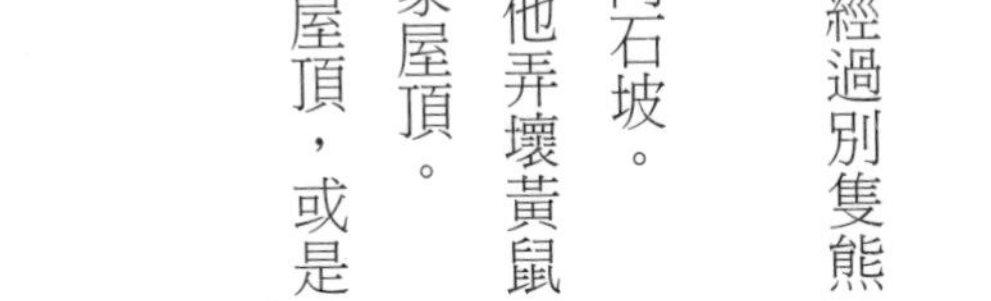

可是，在懸崖的斜坡上，滿地都是石頭，全部都是。

那傢伙問熊阿姨說：

「阿姨，在那斜坡上是否住著什麼動物？」

一聽到這些話，熊阿姨生氣地答道：

「沒有，沒有任何動物住在那邊。只是，絕對不能靠近那兒！那邊有惡魔！」

「但是，阿姨妳剛才不是說沒有任何動物住在那邊嗎？」

「惡魔不是動物。那邊很危險，絕對不能去。」

但是，那傢伙沒有遵守約定，無論如何他非要去找大塊又平滑的石頭不可。趁著熊阿姨睡午覺的空檔，他偷偷摸摸地朝懸崖下方的斜坡走去。

「這樣的石頭好嗎？但顏色好像不太一樣。」

「應該找更硬一點的石頭才對……」

那傢伙在斜坡上翻找石頭所發出的聲音，就像是生氣的老婆婆在洗碗盤般嘈雜，突然他聽到「噓—噓—」的聲音。

「吵死了！」

「小聲點！」

一條有著紅寶石般眼睛的蛇，正盯著小孩看著，又細又黑的舌頭也「咻—咻—」地不停伸吐。

蛇的身體大小，就像一般男性的手腕般粗細，而身體長度約有二公尺以上，但因為蛇正好盤在溫暖的岩石上，所以那傢伙並不知道。

蛇的表皮，是黃、綠、黑三色相間的鋸齒狀圖案，在和煦的秋日豔陽照耀之下，反射出金屬般的耀眼色澤。

「啊，真是漂亮！」

那傢伙不自覺地發出讚嘆。

蛇聽到了喜出望外，因為不論是人類，或是別的動物，都認為蛇是邪惡的。

那傢伙滿懷愧疚地向蛇致歉：

「抱歉，我聽說沒有動物住在這邊，所以……」

「你剛才說我很漂亮，是吧！」

「嗯，這麼漂亮的圖案，我還是第一次看到呢！」

「你不會覺得很恐怖嗎？」

蛇的紅色眼睛，閃現著耀眼的光芒。

「嗯！如果蛇不做壞事的話，倒不覺得怎樣，因為曾經聽烏鴉說過……。不過，真的很不好意思，打擾到您午睡。」

「對了，你在找些什麼呢？黃金嗎？這座山裡頭沒有黃金喔！」

「不是黃金啦！我在找石頭，大塊又平滑的石頭。可是，這邊的石頭顏色有些不一樣。我想找黑白相間、摻雜些許藍色和灰色，並且散發著光亮的硬石頭。」

「那種石頭不在這座山裡，要往更北邊的山頭才找得到唷！這座山上，只有石灰石和洞穴，還有很古老、很古老的回憶而已。」

當那傢伙想要仔細探問究竟是什麼樣的回憶時，母熊的吼聲突然竄入耳際，他連

再見都來不及說，蛇已經一溜煙地鑽到岩縫裡去。

「你快給我下來！」

那傢伙一下來，母熊便狠狠地朝他頭上敲了下去，並且豎起耳朵問道：

「你在那邊做什麼？在和誰說話啊？」

「我在問蛇有關石頭的事情啊！」

母熊一副震驚訝異的模樣，然後火冒三丈地吼著：

「太可怕了！你說你和惡魔說話？呀，真是可怕！如果這件事被其他的熊知道，你會被丟下懸崖的，下次絕對不可以到這邊來了！如果再和惡魔說話，你也會變成惡魔的，知道嗎？」

「好……」

那傢伙點頭答應，但是始終無法忘懷，蛇身上美麗的圖案及寶石般的雙眼。

隔天，那傢伙詢問了年紀大一點的老熊，關於蛇的事情。

那是在河流淺水處學習捕魚技巧的時候。

熊的捕魚技術真的很高超，人類捕魚還得靠魚網、長槍或是吊鉤，但熊是徒手捕魚。那傢伙是個率真的孩子，遵照著長輩的指示，很快地就學會了。

熊伯伯和那傢伙在捕到許多鱒魚之後，坐在涼爽的草地上稍事休息。

那傢伙一想到昨天發生的事情，二話不說就馬上問：

「熊伯伯，蛇到底有多壞啊？」

老熊用雄厚、低沈的聲音半吼著說：

「蛇也是生物，本性並不壞。在這心臟山上，曾經將蛇奉為神祇，也有許多關於這些事情的傳說。」

「神？神祇？蛇嗎？為什麼呢？」

「蛇為何成為神祇，我並不清楚。將蛇奉為神祇的，並不是我們，而是裸熊這一族。我們為什麼會厭惡裸熊族，你不知道吧？」

「嗯！」

「過去，我們曾和裸體熊族很要好，一起在心臟山這帶過生活，他們稱我們為『兄弟』，這是他們表示敬意的方式。他們和我們一樣都住在洞穴裡，每到夏天，就會在月亮下伴隨著太鼓聲及笛音，一邊唱歌、一邊跳舞，是愉快的好夥伴。」

熊伯伯說到這兒，又低吼了一聲，隨後繼續說道：

「但是有一天，突然來了另一群裸體熊。當時心臟山和對面那片土地之間，有一座渾然天成的石橋連接，從前住在心臟山的動物們都是靠那座石橋維生。

那座石橋既古老又狹窄，不僅年齡和山一樣久遠，而且每天都會有石塊掉落，所以走起來非常危險，是一座連老鼠都會害怕的橋。

有一天，那群裸熊到了心臟山挑釁地問了我們一個蠢問題！

『這座山是誰的啊？』

一聽到那火雞般的尖銳呼嘯聲，裸體熊全都拋開手邊的工作及玩樂，相繼從洞穴或山谷來到石橋前聚集。不管是二隻腳直立的，或是四隻腳站立的，全都擠在一起，和外地來的裸體熊互相觀望。

在外來裸體熊所站立的石橋下方，是個陽光照不到的斷崖，下面還有湍急的河流。站在石橋中央的金毛外來熊，對著我們這群裸體熊族裡頭肩膀最寬的公熊，以充滿驚訝的語氣問道：

『什麼呀！是你們在飼養熊族嗎？』

外來熊說完後，就無禮地捧腹大笑。

流著眼淚的裸體熊族酋長，這樣回答著：

『不，不是這樣的，沒這回事兒。正好相反，是熊族在飼養我們』

聽到這裡，大家開始哈哈大笑起來，外地來的勇士熊卻莫名地憤怒了起來，頓時陷入了沈默。

那些外來的公熊手裡都握著又長又粗的棍棒，棒子前端是由削尖的打火石或銳利的青銅器所做成的。那到底是什麼器具，安居在這片土地上的裸體熊族並不清楚，還以為是挖掘深根之類的工具。

『我們長途跋涉來到這兒，這兒就讓給我們住吧！』

那些傢伙理直氣壯的，如此說道。

從那天開始，兩群不同種類的裸體熊族，就和我們一起在這山上定居了下來。」

熊伯伯故事才剛說完，那傢伙就迫不急待地問道：

「剛開始的裸體熊族，是什麼樣的動物呢？」

「是什麼樣的啊……個子很矮，前額狹窄，毛髮是黑色的，眼睛也是黑的。雖然不像熊族那樣強壯，但是比後來的那群傢伙健壯，好像叫做什麼『洞窟族』吧！」

「那後來才到的裸體熊族，又是什麼樣的動物呢？」

熊伯伯又吼了一聲，才緩緩說道：

「是一群討人厭的傢伙，他們自稱是『黃金龍之子民』什麼的。

的確，雖然他們的毛髮顏色種類繁多，但是金色仍然占了大多數，個頭在裸體熊族裡算是高大的，乍看之下，長得比原先的裸體熊還好看。

當時，公熊身披著死去動物的皮毛，手握著奇怪的棒狀物，腰際還佩帶著青銅

劍。對了，胸前好像還有刺青……

至於，母熊們，則全都搬著籃子。如果當時我們知道那籃子裡裝的是什麼東西，絕對不會讓他們跨過橋到這裡來。」

「那籃子裡頭裝了什麼呢？」

「就是蛇。」

黃金龍的子民視蛇為神祇，他們相信，飛行在天空的大蛇——也就是龍——是大神，而蛇，就是大神的小孩。

這時，母熊的聲音出現了。

「真是抱歉，熊伯伯。這小孩總有許許多多的疑問，還請您見諒。」

「不、不、不，我並不介意。儘量問啊！」

老熊叨走了三條魚。

「喏，剩下的三條是你的。熊阿姨和小弟弟一起分吧！」

「熊伯伯，謝謝您。下次，再繼續聊今天的話題喔！」

「好啊，如果我明天還會來的話。小弟弟，今天也謝謝你啦！」

那傢伙手中握著三條銀色的魚，跟在母熊的後頭回家。

隔天，那傢伙再次來到熊伯伯的家裡，清晨的露水讓那傢伙的兩隻赤腳感覺冰涼舒暢。

熊弟弟奔跑似地跟在後頭，與其說他是來聽故事的，倒不如說他比較喜歡到處亂晃。對熊弟弟而言，要他老老實實地坐著，聽熊伯伯長時間地聊著以前的故事，是不可能的事。

才過了五分鐘，熊弟弟便站起來開始活動。

「喂，我們來玩摔角。」

那傢伙生氣地說道：

「請你自個兒去玩，我要繼續聽烏爾斯說『黃金龍之子民』的故事。」

總之，那傢伙從以前開始，就是個喜歡聽人說話的小孩。

「熊伯伯，請繼續說故事吧！請您說說，黃金龍的子民和蛇之間的故事。他們過石橋之後，又發生了什麼事呢？」

熊伯伯沈重而緩慢地坐下來後，便開始說故事。

「稱為黃金龍之子民的裸體熊族，大搖大擺地通過石橋進入了心臟山。母熊搬運了許多大型的籃子，雖然那些籃子都有蓋子，卻依然可以聽到裡面的蛇沙沙地作響。

黃金龍的子民認為蛇是『大神龍的小孩』，對蛇可是非常地謹慎而尊重，總是對

牠們噓寒問暖的。」

那傢伙聽到這裡非常驚訝，因為除了自己，目前還沒有遇到過能和人類以外的生物交談的人類。

「黃金龍的子民聽得懂蛇的語言嗎？」

「不、不、不，沒這回事兒。瞭解惡魔語言的人，就會變成惡魔了。那些傢伙只是把彼此腐敗的欲望告訴蛇，大家只是敬畏、順從著蛇而已。」

「但是，蛇有這麼可惡嗎？蛇也只不過是努力過日子而已，不是嗎？」

「你不瞭解。是好、是壞不是問題，主要是爬蟲類的血是冰冷的，他們沒有母乳。該怎麼說呢？他們本來就是比哺乳類還要古老的生物，這地球在很早很早以前，曾是爬蟲類及昆蟲類的世界。後來，爬蟲類稱了王；但是，我們哺乳類一來，爬蟲類就輸了。

我想，應該說是輸給哺乳類及嚴寒才對，這和爬蟲類及昆蟲類心裡沒有感情有關係。如果牠們有感情，也不會只憎恨蛇類了。」

「為什麼呢？」

「因為若對蛇還有感情，昆蟲們就會憎恨我們。有感情的話，就會將憎恨轉化成戰爭，若是光明正大的打一仗，牠們一定會輸，然後全部滅亡。」

但是，那傢伙一想到自己也曾和螞蟻啊、蜜蜂啊、青蛙啊……等許許多多的爬蟲類及昆蟲類說過話，總覺得這種說法和事實有些出入。

況且，不能說是完全沒有感情吧？

事實上，螞蟻在城堡倒塌時，也很憤怒、害怕，也很焦急、不安。

青蛙也是一樣。

在蝌蚪長出四隻腳，健壯到可以活蹦亂跳時，還不是第一次就哼唱起歌謠來。青蛙不也是知道何謂歡喜的動物嗎？

但是，那傢伙什麼也沒有說，他不想點破熊伯伯的誤謬之處。

「怎樣才能和蛇交談呢？明明就不懂蛇的語言……」

「當時有四個『神官』，兩個男生、兩個女生，想和蛇交談的話，神官會舉行儀式。

我們熊族和洞窟族的朋友，都很害怕那種儀式，儀式是將黃金龍的子民們全都集合在一個大洞窟內，圍成一個大圓圈，圈圈外圍燃燒著八盞爐火，內圍則是一邊敲著太鼓，一邊誦經。

洞窟內就像地獄一樣，瀰漫著雲霧、煙火，縈繞著太鼓及誦經聲，映照在岩壁上的影子，看起來就像伴隨著搖曳的火光起舞……

其實，洞窟族從很久以前就禁止在心臟山使用火這種可怕的東西，當黃金龍的子民初次在心臟山上使用火時，曾經針對這個問題和洞窟族大吵一架，甚至就快要互毆起來。

那些傢伙和洞窟族雖然都不善於吵架，但是體格卻很強壯。」

「吵贏了嗎？」

「沒有，不分勝負。

但是在那場爭吵之後，他們就不在外頭升火了，黃金龍的子民們只在自己的洞窟中升火。即便如此，那種『喚蛇儀式』仍然令人感到害怕。

從外頭看起來，黃金龍子民的洞窟入口，就像是龍的嘴巴。

圈圈外的火光、火花、煙霧，嗤嗤嗤嗤的瀰漫著，圈圈內的太鼓及誦經聲，喝喝喝喝的響個不停。

咚喀、咚喀、咚喀、咚喀，帕搭、帕搭、帕搭、帕搭，嗚呀、嗚呀、嗚呀、嗚呀，吶、吶、吶、吶……」

熊伯伯才開始模仿從龍嘴裡傳出來的聲音，那傢伙就漸漸開始失神，身體雖然坐在熊伯伯身邊。但是，他的靈魂，卻隨著咚喀、咚喀、咚喀、咚喀，帕搭、帕搭、帕搭、帕搭，嗚呀、嗚呀、嗚呀、嗚呀，吶、吶、吶、吶……各種聲響，受到黃金龍子民

傳說的牽引，回到很久之前的心臟山。

千迴百轉，太陽及月亮逆行，那傢伙的靈魂回溯到好幾個世代之前，進入一個裸體態族男子的體內。

夜晚，一個男子站立在黃金龍子民的洞窟外。

涼爽的風吹了過來，但卻聽不見清澈的貓頭鷹叫聲，今夜只聽得見洞中的龍叫聲。

咚咯、咚咯、咚咯……

洞窟的入口處，不斷冒出染紅了的煙霧。

「真是可怕啊……」

雖然心裡感到恐懼，但是無論如何也要進去一窺洞內的究竟呀！

那些傢伙們都在做些什麼事呢？

洞窟中傳來震耳欲聾的聲音，陣陣的煙燻得眼淚直流，少年匍匐在地面上，慢慢地朝著洞窟可怕的入口處前進。

他嗅到了黃金龍子民的獨特氣息，因為黃金龍子民食用腐壞的東西，或是死去動物、鳥類的腐肉，所以和洞窟族的氣息並不相同。

有著男孩靈魂的男子，從洞窟後方潛入，攀到岩石突起的上方處，在陰影的掩護下，偷窺著黃金龍子民的「喚蛇儀式」。

中央是五十位男子隔著一定的距離圍成一個圓形坐著，同時一邊晃動著身體。在圓圈之內，外來熊正在拍打太鼓，而男女老少全都圍在圓圈之外唸誦著經文。

最外圍則有八盞爐火霹靂啪啦地燃燒著，熊熊的火花直達洞窟的頂端。

在圓圈的正中間，放著一個大型的籃子，籃子周圍的東、西、南、北方，還有四方位的對角之間，放著被切成小塊的山羊皮，上面寫著一些符號。那有什麼意義呢？

一個男「神官」站了起來，大聲喊著：

「龍的孩子，神的孩子！遵循著神龍之道呀！」

然後，全體同時高呼：

「遵循著神龍之道！」

那呼喊的聲音如雷貫耳，讓少年覺得更加毛骨悚然。

「龍的孩子很虛弱。神呀，請賜予我們神力吧！」

「請賜予我們神力吧！」

「神啊，請賜予我們營養吧！」

「請賜予我們營養吧！」

「神啊，請賜予我們肉類吧！」

「請賜予我們肉類吧！」

「請把敵人的力量，賜予我們神龍的孩子吧！」

「敵人的力量，是屬於我們的！」

「敵人的靈魂，是屬於我們的！」

「敵人的心臟，是屬於我們的！」

「敵人的身體，是屬於我們的！」

「敵人的肌肉，是屬於我們的！」

「祈求神的指示！」

神官一呼喊那些話，太鼓的聲音、誦經的聲音就會停下來，只聽得見爐火熊熊燃燒的聲音。

然後，四個神官坐在籃子周圍的四個方位上，吹起了竹製的橫笛。

那是一種奇怪的聲音，如風般哀號著，又好似小動物臨死前痛苦的悲鳴，令人心生厭惡。

洞窟中不斷迴響著那種高亢的聲音，讓躲藏在岩石陰影處的少年，全身起了雞皮疙瘩。

幾分鐘過後，一條巨大、可怕又美麗的蛇，從籃子中爬了出來，一邊敏捷地伸吐舌頭，一邊前後擺動頭部。

一陣寂靜之後，內側的太鼓聲又開始奏響。

蛇迅速地咬住放在北邊方位的山羊皮，黃金龍的子民齊聲喊叫著：

「是南邊的記號，是南邊！有戰爭，萬歲！」

對於出生在北方的黃金龍子民而言，向南行意味著即將發生戰爭。

經歷了猶如臨死般恐怖的少年，悄悄地從洞窟裡爬了出來，在黑暗中逃逸、消失不見……

那傢伙回過神時，熊伯伯仍繼續叨叨絮絮地說著故事。

小河清澈的流水聲和老熊低沈的聲音，自然協調地搭配在一起。

「喂，你在聽嗎？」

「嗯。」

那傢伙接著問道：

「戰爭是何時開始的呢？」

聽到這個疑問，熊伯伯嚇了一大跳，因為戰爭的事情都還沒提到呀！

「什麼？你怎麼會知道這件事呢？該不會是從蛇那裡聽來的吧？」

那傢伙搖搖頭：

「不是，只不過是有這種感覺而已。」

熊伯伯站了起來，丟下一句話就走了。

「跟我來！」

那傢伙趕快起身準備追上去，這時才發現熊弟弟已經不見了，應該是先回家了吧！

那傢伙死命地加快腳步，緊跟在體形碩大的熊伯伯後頭，來到了一個極盡荒涼的地方。

那裡連一隻昆蟲、小鳥、甚至小動物什麼的都沒有，只有乾枯的雜草被風吹得沙沙作響。

「互相殘殺就是在這邊開始的，這個地方長久以來都令我們厭惡。」

那傢伙環顧四周，身體不由自主地顫抖了一下。

他看到地面有處凹陷的地方，乾枯的雜草彷彿想說些什麼話的樣子，不知哪邊好像有什麼影子在晃動的感覺。

總之，這個地方有一股寒氣逼人，那傢伙不禁直打哆嗦。

「那裡，我們族裡的一位烏爾莎被裸體熊族殺害。」

那傢伙的眼睛突然泛起了淚光。

「真是個令人討厭的地方，熊伯伯，求求您，我們回去吧！」

熊伯伯的聲音，突然變得柔和了許多，輕聲對著那傢伙說：

「好吧，我知道了。你也累了，爬到我的背上吧！」

靠在熊伯伯寬大溫暖的背上，那傢伙回到了熊阿姨的家。

第六章

那天夜晚，那傢伙躺在熊阿姨身邊，聽著熊阿姨與熊弟弟呼嚕、呼嚕的打鼾聲，怎麼樣也睡不著。

聽了一會兒鼾聲之後，那傢伙便起身朝外走出去。

天鵝絨般的天空閃耀著銀色月光，空氣中一點風也沒有，可以清楚地聽見遠處鬼嚎瀑布的流水聲，那傢伙下意識地往散發寒氣的窪地走去。

那傢伙走著、走著，進入了無意識的狀態，超越時空回溯到幾千年以前。

一回神，那傢伙發現自己的身體，不再是原來的。

現在的他，擁有強健的手腕，前胸刺著的藍色圖案，腰間及肩膀纏繞著山貓的皮革，腰際還繫著粗大的鞣皮帶。鞣皮帶上還鑲著銀色的帶扣及青銅的短刀，而肩膀上的毛皮披風上則鑲著蛇形的帶扣。

他的頭髮是金色的，編成二條長辮子，脖子上還掛著山豬獠牙串成的項鍊。右手持著長槍，長槍前端是用打火石製成的。在這個時代，青銅是一種非常罕見的物品，只能用在製成短刀。

「喂，那比克。別老是站在那兒發呆，工作，工作！」

黃金龍的男性們正在挖掘一個大型的洞穴，那傢伙附在一位叫做那比克的年輕人體內。

到底是如何附身的，那傢伙自己也不清楚，可以確定的是，他又再度回到很久很久以前的心臟山了。

「喂，那比克，幫我一下吧？」

不知道是什麼原因，那傢伙也懂得黃金龍子民的語言。原來，這種語言和那傢伙的國家所使用的有點相似，只是這是更加滄桑的「喉頭語言」。

「很煩耶，知道了啦！」

叫做那比克的年輕人，跳進深邃的洞穴裡，抓起木製的鏟子，開始工作起來。

過了不久，來了四名洞窟族的男人，他們的額頭較窄，頭髮是黑色的。

一群人都是個頭小又長得醜，但是肩膀寬闊，胸膛及手腕的肌肉都比黃金龍子民來得強壯，每個人手上都握著捕魚的長槍，其中一個人手上還抓著許多漁獲。

「喂，猿猴們來了唷！」

一位黃金龍的子民這麼說吆喝著。

「你們在做什麼？」

洞窟族問道。

黃金龍的男性學那種腔調反問對方，大伙笑了出來。

「你們在做什麼？」

在那比克體內的那傢伙，雖然也不由自主地笑了起來，但是內心卻感到厭惡。

洞窟族雖然沒有黃金龍子民般長得英俊，臉龐卻讓人感到溫柔。

「你們在做什麼？」

洞窟族又再問了一遍。

「真是頑固啊！我們正在挖洞，你們難道看不出來嗎？」

「為什麼要挖掘洞穴呢？」

黃金龍的男子們聽到這個疑問後，再度笑了出來，一位黃金龍的子民帶著戲謔語氣說道：

「好啦，我們也想要捕魚，但是我們討厭像你們那樣長時間站在冷冰冰的水中，拿著長槍捕魚，所以我們是在做魚網啦！」

「魚網？」

「對啊，魚網。魚網怎麼做你們知道嗎？用長繩把洞穴全都綁在一起。」

「知道嗎？為了做魚網必須要有洞穴，所以我們正在挖洞穴啊！挖好之後再切割成小洞，然後就會變成許許多多的小洞穴，把那些小洞穴用繩子綁在一起，就是魚網了，知道了嗎？很簡單吧！」

黃金龍子民嘲弄洞窟族人的嫌惡笑聲，四處迴響，洞窟族人卻依舊發著楞，不知所以。

三天過去了，一位洞窟族經過同一個地點，卻發現黃金龍子民挖的洞穴不見了，什麼也沒有。男子感到很驚訝，正想靠近一點看清楚時，一位黃金龍子民卻突然從岩石陰影處跑了出來。

「別動！」

他兩手持槍站在道路中央，洞窟族不知所措地喃喃說道：

「洞穴不見了……怎麼會這樣？」

黃金龍的男子笑著答道：

「洞穴全部都使用過了啊！你們如果想要洞穴，就要自己挖，總之這裡很危險，不要再經過這條路了。」

「為什麼？我們族人、熊族人一直都會經過這條路啊！」

「因為蛇逃到這附近了，所以這兒很危險。改走別條路吧！」

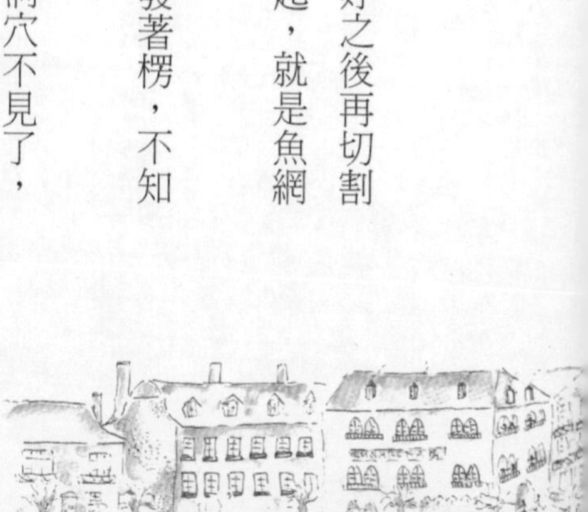

那當然是個謊言。

次日稍早，有隻母熊掉入黃金龍子民的洞穴之中，深邃的洞穴用樹枝及雜草掩蓋著，洞穴底部還有好幾根前端削尖的棒子。

母熊臨死前痛苦的哀嚎聲，使洞窟族人著急地趕來一探究竟。下到洞穴裡看到了母熊的慘狀，一個洞窟族托著母熊的頭，試圖安撫母熊，自己卻也淚流滿面。

其他的洞窟族則抬起母熊笨重的身體，拔出尖銳的木棒，從母熊身體冒出的鮮血，將地面染成了鮮紅色。

「快點拿水來！」

大家先幫她清洗傷口，再用蜘蛛網及草藥包紮後，仍然宣告無效，母熊還是死了。

當大家感到哀傷而哭泣時時，一位洞窟族的阿姨以冰冷口吻說道：

「母熊腹中懷有小孩，若不早點剖腹，連小孩都會死掉，大家別哭了，快點幫忙！」

洞窟族馬上剖開母熊的肚子，發現了兩隻小熊，但是只有一隻存活下來。

正在幫那頭小熊蓋上柔軟的雜草之際，黃金龍的子民聚了過來。

「不要搶走我們的肉。」

洞窟族們一聽到這種話，無不立刻勃然大怒。一隻公熊抓住一名黃金龍族的年輕人，扭斷了他的脖子，黃金龍子民見狀尖叫了起來。

「這個畜生殺了熊！將懷孕的母熊殺死了！殺啊，殺了他！」

黃金龍族人手持銳利的短刀及長槍進逼，一開始卻不敵洞窟族人的怒氣及力量，只好逃回自己的洞窟裡。

洞窟族人在後面緊追不捨，以石塊追打著，也殺了好幾位黃金龍族人。

這時，洞窟族人的後方卻出現了六位年輕男子，全部手持弓箭，其中一人就是那比克。

「停止！再不停止的話，我就殺人了！」

但洞窟族人沒看過弓箭這種武器，一位彪形大漢仍在喊著：

「殺光所有的黃金龍子民！」

那比克一聽到那句話，不由地射出了箭，正中那位彪形大漢的胸口。應該會很痛才對，但大漢卻輕蔑地笑了出來，把箭拔起來扔到一旁。

「什麼啊，這種東西，一點也不可怕。出來啊，殺人兇手！」

不斷這樣叫囂的大漢，突然臉色發青，邁了一步後就全身僵硬，再走一步就倒在

地上。原來，箭的前端塗了烏毒草的劇毒。

彪形大漢這位洞窟族的先鋒，當場死亡。

隨後，其他五名男子也分別射出了毒箭，洞窟族人又死了五個人。不曾敗給青銅製短刀及長槍的洞窟族，終究不敵沾著劇毒的弓箭，一群人只好先停戰逃走。

那天，那比克成了英雄。但是，在那比克體內的那傢伙，卻只想早日離開這個身體。

雖然發生了許多令人悲傷的事情，但災難卻還沒有結束。

熊族們聚集在母熊的屍體旁邊，議論紛紛。

「這種可怕的事情，到底是誰幹的？」

正當熊族們悲傷之際，來了一位洞窟族人。

「剖開這熊肚子的人是我，牠當時已氣絕身亡，不過小熊卻平安無事……」

這位洞窟族說到一半，一頭烏爾斯突然大吼一聲衝了過去，把那位勇敢而善良的洞窟族給殺了。

從那天起，洞窟族和熊族幾千年來的友誼，宣告終止。

那傢伙依舊無法脫離那比克的身體，那天晚上他和同伴們一起去搶熊族的屍體，把皮剝下，把肉帶回洞窟。

洞窟的入口有盆大型爐火，是為了防止熊族及洞窟族的入侵。

黃金龍的子民們在洞窟中，和著內圈的太鼓及橫笛跳舞，把傳過來的熊肉插在長槍前端，用火燒烤來吃。

「那比克，吃啊！很久沒有吃到了吧？吃肉耶，吃啊！」

那比克也為這厚實的烤肉香味而垂涎三尺，卻突然對接過剛烤好的燒肉顯得有些恐懼及遲疑。

「我……我不需要。」

其他黃金龍子民大為驚訝地看著那比克，心想那比克該不會是瘋了吧！

但是，不管怎麼勸說，那比克就是不吃熊肉。

神官於是說道：

「今後戰爭會變得更加激烈，只要有一個膽小鬼存在，黃金龍的子民就會滅亡。那比克！你不吃肉的話，就是背離神道，你將會一個人迷失方向，這樣好嗎？」

這時候，那比克忽然發出了小孩的聲音：

「黃金龍的子民！這不是正道也非神道，什麼都不是。不可以殘殺熊族或是人

類，你們將來一定會遭受報應的。」

「把他給我抓起來！」

神官馬上下令將那比克抓起來，另外一位神官搬來了裝有大蛇的籃子，黃金龍子民的審判，總是仰仗蛇來下決定。

「掀開蓋子，把手放進去。」

男人們放開那比克，將長槍指向他。

逃跑這回事，根本想都不要想。

那比克十分鎮靜，掀開蓋子後就和蛇四眼相望。他微笑著將手伸進籃子，蛇像是懂得他的心思，又或者是受到了驚嚇，當場咬住了那比克的手。

幾分鐘之後，那比克的身體逐漸變冷，漸漸地失去了意識。

漸漸地、漸漸地、漸漸地、漸漸地……死去。

東方的天空即將破曉，或許覺得冷，那傢伙一邊搓著發癢的雙手，同時伸了伸懶腰。

身旁傳來小小的聲音。

「你已經知道了吧！人類會從這座山消失，不是我的錯。你也注意到了，熊這種動

物性情急躁，你的體內有著黃金龍子民及洞窟族人兩方的基因。」

原來，有條蛇在那傢伙的身旁說著話。

那傢伙點了點頭說：

「好像有點瞭解，卻又有點不懂。」

「再過不久你就會懂的。天要亮了，熊阿姨醒來時發現你不在就糟糕了，請你早點回去吧！快走，快點走吧！」

那傢伙悄悄地回到熊阿姨及熊弟弟的身邊，他蜷曲在熊阿姨溫暖的肚皮旁睡得很熟，什麼夢也沒有作，一直熟睡到中午。

那比克死後的事情，那傢伙大概都知道了，之後發生的事他也都清楚地記得。但這場景對幼小的他而言，實在是有些可怕。

隔天，那傢伙再度去探望熊伯伯。

「熊伯伯，請再說些黃金龍子民的故事給我聽。」

「你怎麼了？表情怎麼那麼悲傷。」

「我……可怕的事……」

「做夢夢到的嗎？」

那不是夢。

但是不是夢，又有什麼不同呢？

那傢伙無法說清楚。

這時，熊伯伯不疾不徐地又說起黃金龍子民的故事：

「洞窟族敗在黃金龍子民的毒箭，男性後來全都被殺害了，年輕女性及小孩則淪為奴隸，下場實在是淒慘無比。

熊族人因為受到烏爾莎遇害事件的影響，一直誤會洞窟族人，不願意去幫助他們。後來，黃金龍子民陸續設下圈套，或使用毒箭殺害熊族，以吃熊肉大餐為樂。

到了冬天，還穿起用熊毛皮製成的外套。

慢慢的、慢慢的，黃金龍子民的人數也就越來越多……」

熊伯伯在說故事時，那傢伙始終像岩石般站立，望著洞窟的某處崖壁發楞。

熊伯伯見狀生氣地「啪」一聲，打落了眼前飛過的蜜蜂：

「喂，你到底有沒有在聽啊？喂！」

那傢伙有在聽。不光是聽，還一直看著，睜大眼睛看著……

接著，自個兒小聲地喃喃地道：

「啊，不會吧！頭蓋骨，有大的也有小的，用削尖的棍棒插著，並列在洞窟外圍，滿滿都是呀！」

那傢伙看見黃金龍子民洞窟外，排列著熊族與洞窟族頭骨的可怕景象。

插在木棒上的頭骨，雖然全都裝飾著花朵，但花朵散發一股腐敗、奇怪的臭味，而且四周飛舞著嗡嗡作響的蒼蠅。

那傢伙內心受到過大的衝擊，無法承受地醒了過來，害怕得將頭埋入草叢哭了起來。

熊伯伯沈默了下來，看著那傢伙那樣子。

「你好像真的是熊族的人，竟然可以夢到我們族人可怕的惡夢。這樣子你就可以成為出色的烏爾斯了，向這場夢魘挑戰吧！」

「對了，你夢見過最後的那場戰役嗎？」

對於熊伯伯的疑問，那傢伙只是沈默地搖搖頭。

「這樣啊，看來你必須把這故事聽到最後，要聽嗎？」

那傢伙點了點頭。

熊伯伯重新坐下來，把那傢伙抱在膝上，又開始說起了故事。

「黃金龍子民為了防禦，全都住在一個大洞窟，從那個時候開始，我們熊族和兩方的裸體熊族，交情日益惡化，變得彼此互相殘殺。

那真是個悲慘的年代，每個月都有一頭或兩頭熊族被殺，慚愧的是，部分熊族也

曾經吃過敵人的肉，這些狀況無論如何都必須徹底解決不可。

白天絕對不能接近裸體熊族出沒的地方，只要一接近，那群傢伙就會射箭，一旦被箭射到就會受傷。

那傷口雖然大多不痛不癢，但不論傷口多麼小都非常可怕，有可能立刻會死。」

「是毒藥……事先在箭尖塗了毒藥吧！」

「就是這樣。白天時因為毒箭的關係，都無法靠近黃金龍子民，晚上則因為他們在洞口生火，也沒辦法接近。

那群人不知為何，還養著一頭熊。熊小的時候還很受疼愛，但過了一年之後長得相當大，那群人就開始虐待牠，要牠跳舞之類的。

那隻熊一直很討厭裸熊族。

有一天那隻熊逃了出來，向別的熊透露了一個秘密：黃金龍子民的洞裡有後門，那地下道的入口被屋頂掉落的石頭堵住，搬開石頭就會看到一個僅容大熊通過的入口。」

「當天夜晚，十頭強壯的熊從後門攻進黃金龍子民的洞窟，那是場可怕的虐殺行動。

當晚他們連拿武器的時間都沒有，不用幾分鐘，黃金龍子民的男人全被殺死，殘

存的女人及小孩隔天全都被扔下懸崖。

裸體熊族的武器雖然很厲害，但只要一失去武器就只是個弱者，仔細想想還真是可憐，但這也是沒有辦法的事情。

戰爭之後，熊族就毀了石橋，在你來到這裡之前，再沒有一頭裸體熊族能夠進來心臟山。」

說完了故事，熊伯伯嘆了一口氣。

那傢伙接著問道：

「那蛇怎麼樣了？」

「蛇？那個惡魔在黑暗中逃掉了，至今牠仍住在心臟山裡。過去黃金龍子民所住的洞窟已經被石頭堵住，誰也沒辦法靠近，會讓人想起黃金龍子民的，就只有蛇了。」

「還有其他裸體熊族的奴隸吧？那些人究竟怎麼了？」

「全都被丟下懸崖了，他們都是被黃金龍子民所飼養的熊族。」

「為什麼？他們難道不可憐嗎？」

「唉，牠們已經沾染到黃金龍子民的氣息。

我們對味道很敏感，就算是自己的小孩，只要有討厭的味道，也是會殺掉。

這就是我們的本能，是熊的話，就應該很清楚這件事。」

熊伯伯用溫和且渾厚的聲音說道：

「故事就到這裡結束了。」

那傢伙忽然意識到必須離開心臟山了。

但在此之前，必須先找到一塊石頭。一塊有桌子般大小，平滑的石頭……

第七章

那傢伙從心臟山的這頭找到那頭，始終無法找到理想的石頭。

在山的周邊都找不到，那傢伙心想說不定山的深處裡會有，於是決定去洞窟裡頭探險。

那個洞窟，就是昔日黃金龍子民的洞穴。那傢伙想起那比克當時的遭遇，無論如何都想進去一窺究竟。

洞窟入口已經被石塊及沙土堵住了，他雖然知道有後門，卻不清楚後門到底在哪裡。

那傢伙才站在洞窟前揣想著，蛇就過來了。

「想進去看嗎？」

「嗯。」

「那麼，我告訴你地下道在哪裡，跟我來吧！」

那傢伙緊跟著蛇，走了差不多有一公里的路，到了一座桃樹林，蛇就停了下來。

「因為裡頭很暗，請生火吧！或許以人類來說，你的鼻子算是靈敏的，但仍不如熊族

般靈敏。」

「火？但是，我沒辦法生火，我沒帶火柴啊！」

「笨孩子！瞧，那棵樹下有打火石吧？用乾燥的雜草就可以生火了。」

用打火石生火蠻困難的，儘管如此，那傢伙還是設法生起了火，做了一支火把。

洞窟的後門在樹林中，洞穴口雖然很小，但只要走進去，裡頭大概有一個大人可以站立的高度。

那傢伙藉著火把的光亮走進了隧道，在漆黑中走了一會兒，來到一個寬闊的廣場。他腦海浮現出黃金龍子民在這裡舉行儀式的景象，耳朵彷彿還可以聽得到太鼓的節奏響聲。

事實上，現在這洞窟裡，只有那傢伙、蛇及蝙蝠而已。

洞窟的地上散著幾十副人骨，那傢伙好像蹲下去撿起了什麼，原來是一把漂亮的青銅短刀。

「請舉高火把，有個東西想讓你看看。」

那傢伙正將短刀插在自己的皮帶上，突然聽到蛇這麼說著，趕緊將火把舉高

岩壁上的圖畫，因為光影而呈現出立體的浮雕感。

獅子、犀牛、鹿、羚羊、熊、大象、長頸鹿、牛、馬……等眾多野生動物的圖案，就畫在石壁上。許許多多的動物之中，也包括了人類，上面畫著人類邊跑邊投擲長槍的模樣。

「這個國家以前有各種動物，現在幾乎都不見了。連畫這壁畫的人種，也不在這世上了。」

「這是黃金龍子民畫的嗎？」

「不，才不是。是比黃金龍子民還要早幾萬年前的人類畫的，請你仔細看這些畫。」

那傢伙爬上岩石，凝視著壁畫。

「這人類還真是小，就像侏儒一樣。咦，這畫的也不是洞窟族吧？」

「對，是比洞窟族還更古老的人類。

你以後會繼續旅行吧？當別人驕傲地述說著自己的功績時，請你記得這幅畫。

無論是如何偉大的文明，最後都會滅亡，無論是多麼了不起的人，最終都會消逝，至於人類創造出的神祇，也終將回歸大地。

雖然你懂得昆蟲、鳥類、蛇類的語言，比普通人類還要聰明，但是你知道的仍然

不夠多。」

「那要怎麼做才好呢？」

「繼續旅行，然後請偶爾聽聽山所說的話。你要尋找石頭，不妨問問山的意見，他一定會告訴你的。」

「現在可以問嗎？」

「可以啊！」

於是，那傢伙對著山，認真地開始詢問，有關平滑、像桌子般大的石頭的事情。不久，洞穴中吹來微微的一陣風，使得火把的火光不停搖曳著。

「沒有、沒有、沒有……」

山低聲私語地答道。

「如果不在這座山裡，那到底哪裡會有呢？」

那傢伙的聲音才開始在洞穴中迴盪，又吹來一陣微風。

「更久、更久、更久……，更遠、更遠、更遠……」

那傢伙點頭。

「我知道了，非常感謝。這座山是石灰岩地形，所以歷史其實並不悠久，那麼古老的石頭到底在那裡呢？」

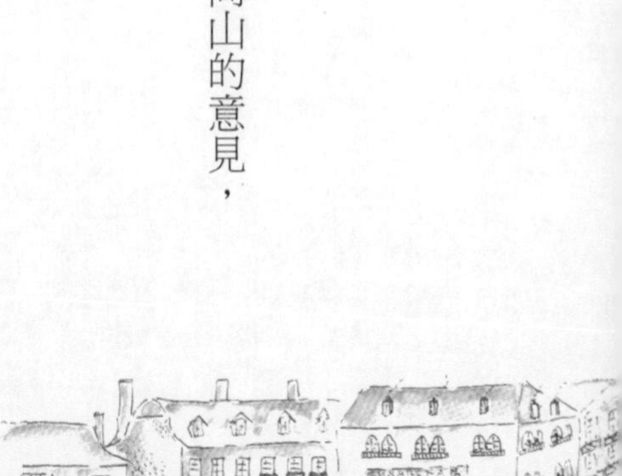

蛇回答說：

「在北方！天氣好的時候，可以看到遠方被雪所覆蓋的山脈吧！那座山是由花崗岩形成的，你要找的石頭一定在那裡沒錯，去那邊找找看吧！」

「蛇先生，您怎麼這麼瞭解那座山的事情呀！」

蛇暗自竊笑著：

「黃金龍子民就是從對面那座山來到這裡的呀！」

那傢伙沈默了一下。

「蛇先生，再問您一個問題好嗎？」

「什麼問題？」

「很久以前的喚蛇儀式中，蛇為什麼會選擇南邊呢？黃金龍子民是因為這原因才會發動戰爭的，對吧？」

「那件事情和我們沒有關係。山羊皮上塗滿了兔血及膽囊，發出了誘惑的香味，我們才朝那邊爬過去，只是這樣罷了。戰爭，其實和我們沒有關係啊！」

「那麼，那位神官……」

蛇再度竊笑起來。

「當然是假的啊！」

聽到這裡，那傢伙心裡充滿了嫌惡。

那傢伙才走出洞穴，就看到烏爾斯立起了後腳，站在一旁等著他。

「你，違反了我們的法律！給我過來！」

那傢伙走到烏爾斯身邊，烏爾斯仔細地嗅了嗅那傢伙。

「和我想的一樣，身上有火的味道，而且還有什麼東西死掉的味道。」

烏爾斯邊說邊瞪著那把青銅短刀。

「你就是惡魔的同類，這就是證據！雖然你的熊阿姨會很難過，但像你這樣的惡魔，非消滅不可！」

烏爾斯非常憤怒，當場就想殺了那傢伙。

那傢伙一時嚇傻了，完全忘了自己有不可思議的力量，以及自己能夠飛翔這回事。

在這個緊張的時刻，蛇出來了，問道：

「你打算如何處置他？」

烏爾斯咆哮著說：

「殺了他。」

蛇沙沙地說著威脅的話，一邊露出二顆銳利的毒牙。

「如果你敢動這孩子一根寒毛，我就馬上殺了你！」
「但是，這傢伙違反了熊族的法律！」
「那麼，就把他丟到懸崖下吧！」
說完話後，蛇就消失不見了。
烏爾斯抓著那傢伙走到了懸崖邊，無論那傢伙如何哭泣、道歉，烏爾斯始終鐵石心腸地不理會他。
懸崖下方流水湍急、水花飛濺，大瀑布的磅礡水聲清晰可聞。
起風、起風、起風……
對了！
那傢伙看得見風，看得見美麗清澈的風。
「烏爾斯，你不用把我推下山谷，我自己跳下去就行了。很抱歉給你添了許多麻煩，請替我向熊阿姨及熊弟弟道別。」
接著，那傢伙張開手臂從懸崖上飛出去，飛得很高、很遠。
心臟山就在他的下方，有隻金鷹飛近了那傢伙：
「我還在想，你是不是忘了怎麼飛了呢？你和熊族一起生活，身體也變強壯了些，今天要飛到哪邊呢？」

「我想飛到北方的遠山。」

「是嗎？那麼還得飛超過三千公尺遠喔！對了，別忘了再飛高一點，因為有一道吹往北方的風，小心點飛吧！」

那傢伙朝著北方飛去……

第八章

一到達北方的山，那傢伙就去冰河那兒。

那片冰河在過去年輕時，曾經廣闊地延伸至海洋的那端，但是現在長度縮短，一直在山裡冬眠。

一到夏天，山麓就有溶化的河流向下游流去，一走近河川就會進入深長的峽谷，峽谷兩側都是高聳的懸崖，受到陽光及冰霜的影響，常常會發生坍方。

這時，在那傢伙的腳邊，到處都是掉落下來的石頭。

就是這個，花崗岩！

平滑且像桌子般大的石頭，要多少就有多少。但怎麼樣才拿得回去呢？以小孩子的力量來說，這簡直就是不可能的任務，那傢伙真的欲哭無淚了。

此時一直遠遠地注視著那傢伙的山，傳來了一陣低迴聲。

「去問冰河……」

那傢伙向山道了謝，又回到冰河的山腳下。

雖然快凍僵了，那傢伙仍然咬牙忍耐，一動也不動的坐在冰河上閉起眼睛。

冰河喃喃地發著滿腹牢騷，那傢伙耐著性子聽了一陣子的抱怨後，正想要裝做沒聽見，卻又感覺到一股莫名巨大、可怕的力量。

「好厲害的力量，好強大的能量啊！真想不到，這世上會有這種偉大的力量存在，太厲害了！」

那傢伙興奮地、不由地大喊出來。

冰河聽到之後，開始和那傢伙用心靈交談。

「對啊！我年輕的時候，不論是幾億噸重的石塊，我都能揹在背上搬到這兒。我劈開了山峰，造就了山谷及峽谷，我製造出來的眾多冰山，還曾經綿延到海邊呢！

從那時我就認識你的祖先了。

在遠古時期，你的祖先以獵捕海狗、鯨魚及魚群為生，把我從南邊溫暖之地驅逐到這兒。其實，我也覺得有些疲倦，所以幾千年後，當我又回到北方冰原這裡，決定暫時先休息一下。」

「那樣，就像是蝸牛一樣。」

「什麼？蝸牛？」

「每當疲倦的時候，蝸牛就會縮進自己的殼裡休息，不是嗎？」

「啊，對啊，對啊，就像蝸牛一樣，這座山就是我的殼。

對了，那時候還有長毛象呢！可是，當你的祖先知道如何作毒藥後，大型動物開始相繼被毒害捕殺，使長毛象滅亡了，真是可憐。

相信我，冰河時期將會再度降臨，絕對會！你們人類不能掉以輕心，一不小心就會從這世界裡消失的。

我不會死，我只不過是在休 息。我和海面吹來的風、太陽及繞行的地球，有過很古老、很古老的約定，所以我還要活動、活動。

對了，慢慢地伸出觸角，慢慢地擴展身體，像巨大的蝸牛一般，將山揹在背上，我要活動了、我要活動了……

讓我展現力量的時代必定會再度降臨的，可惜……那時你已經不在了。

不過話說回來，你究竟在煩惱些什麼？」

「我是為了找尋花崗岩而來的，我要找平滑且像桌子般大的石頭。這裡有很多，可是卻因為過重而無法搬運，我不知道該怎麼辦。我和黃鼠狼先生約好了……」

自從被熊族驅逐後，那傢伙一直壓抑著不安的情緒，或許是因為遇到了冰河，心情大為放鬆的緣故，那傢伙不由自主地哭了起來。

「別哭了，別哭了，你有沒有在聽我說話啊？我不是說過這座山裡，幾億噸重的

石頭我都搬動過？

我記得年輕時曾經搬過兩塊你正在找的那種石頭，一塊被你弄壞了，一塊就藏在草原底下，你去那邊找找看吧！

那是我親自搬的，就在那片原野裡，你趕快去吧！今晚，這座山將開始下雪嘍！」

那傢伙對著冰河大喊謝謝，就飛上天空朝自己故鄉飛去。

雖然這趟旅程很漫長，那傢伙卻覺得這是在瞬間內發生的事。

旅途中，從熊族、蛇、山及冰河那邊，學到了許多的教訓，而且沒有什麼事比得知石頭的下落，讓那傢伙更放心的了。

黃鼠狼先生一定會很高興……

第九章

待在心臟山的期間，那傢伙絲毫沒有感覺到時間的流逝，但其實離開故鄉已經一年了。

那傢伙隔了一年才又回到那片草原，根據冰河所說的，這片草原的某處應該有一塊他要找的石頭。

他在草原上走來走去，一直到傍晚時分。

「在哪呢？沒看到啊……」

那傢伙喃喃自語地說著。

「嘎、嘎，你回來了啦！」

那傢伙抬頭看到烏鴉，於是揮著手。

「嘎、嘎，你不可以到這裡來，這裡很危險啊！嘎、嘎……」

「為什麼？」

正想問原因時，烏鴉卻害怕地往西飛走了。

就在這時，黃鼠狼出現了。

「吵死了。你的大腳踩得地面沙沙作響，拜你所賜，所有獵物都逃掉了。」

「真抱歉，因為我想要找石頭，所以……」

「石頭？」

「對，一塊又大又平的石頭。我之前不是把你家屋頂弄壞了嗎？我想找塊和那屋頂一樣的石頭，我聽說這裡有另一塊那樣的石塊，但就是找不到。」

「那件事啊？如果是的話，我老早找到了，是山鼠告訴我的，這已經是十個月前的事了，我現在住在那塊石頭下面唷！」

「平滑、有桌子般大的石頭下面嗎？」

「是啊，非常舒適的窩喔！如果你再小一點，或許也能請你來家裡坐坐。原來你找石頭是為了我啊？真是抱歉啊！」

「山鼠是怎麼知道有那塊石頭的？」

「因為他住在這裡啊！」

「這樣啊！你現在和山鼠住在一起嗎？」

那傢伙一問，黃鼠狼便哈哈大笑起來。

「你真是個有趣的傢伙，什麼和山鼠一塊兒住？哈哈哈，也算曾經一起住過一段日子，大爺我住在山鼠部下的家裡，但是山鼠牠……曾經住在我的肚子裡。」

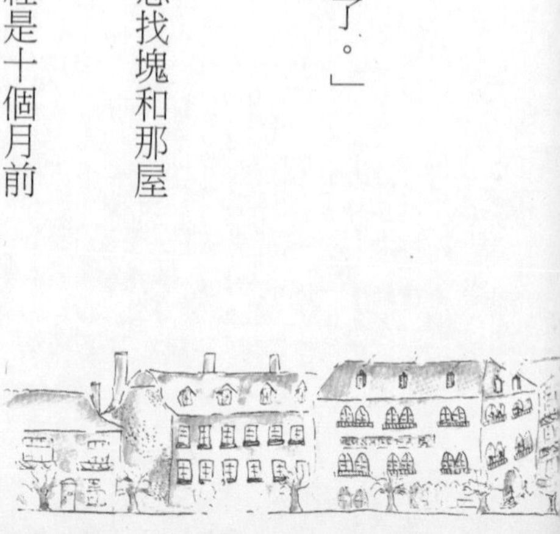

一看到黃鼠狼捧腹大笑，那傢伙嚇了一大跳。

「有什麼是我不知道的嗎？」

「山鼠被我吃掉啦！那八隻小寶寶真好吃，特別是那種剛出生的粉紅色小老鼠，真是好吃極了！我喀滋喀滋地吃個不停，真是美味……」

「真可憐……」

那傢伙驚訝地看著黃鼠狼，黃鼠狼又開始大笑起來。

「可憐？是啊、是啊，親人都被吃掉了嘛！所以大爺我就行行好，親切地也把小寶寶都吃掉了。喀滋喀滋、喀滋喀滋……真好吃呀！」

黃鼠狼咻地一下消失在草地。

那傢伙呆呆地站在草原中央。

「喂，你在做什麼？我要開槍囉，快點回去！」

那傢伙轉身看後面，有兩個男人持槍盯著他。

又不是軍人，為什麼有槍呢？那傢伙百思不解地看著他們。「你快點回去，帕德羅爾軍隊快到了，這裡很危險，快點回家吧！」

「為什麼？我又沒做壞事。」

「這是戒嚴令！日落之後誰都不准外出，你不知道嗎？小朋友。」

一名男人走近他，那個人是一年前和那傢伙一起被帶往國家軍事管理局的六名科學家其中之一。

那男人盯著那傢伙的臉直瞧，驚訝地倒吸了一口氣。

「真不敢相信！你……是那時候的……。嗯，果然是這樣，你就是當時的少年，你回來了呀？」

「隊長，不快點的話……」

後頭的男子焦急地說著，催著那個被稱做隊長的科學家。

「這個男孩對我們的革命會有很大的幫助，比薩利亞的槍還更有幫助。這個男孩會飛，如果不帶到安全的地方，說不定會被政府的人帶走，快點帶到我們的藏匿點去吧！」

「但是，隊長，那今晚的計畫呢？」

「取消！不敢相信吧？這少年會在空中飛翔呢！」

手持武器的二名男子互相地看了對方一眼，有關這個男孩的傳說，他們已經不知聽了多少回，卻從來沒有真正見過。

據說少年只要注視大型石頭，就可以毀壞它？男孩只看了上校的手槍一眼，槍就

壞了？少年最後飛到天上，從軍隊的手中逃脫？

誰會相信這種傳說？

「隊長，計畫……」

這時傳來了吉普車的引擎聲，是帕德羅爾的軍隊。

那名男子和游擊隊隊長，握著少年的手朝草原附近的樹林跑去。那傢伙還搞不清楚什麼事，只覺得即將發生可怕的事。

「小朋友，快！晚點再向你解釋。約翰、達克，你們往右邊，我們往左邊走，之後在藏匿地點會合，聽到命令了嗎？」

二名男子一言不發地往右方走，隊長和那傢伙則朝漆黑的樹林裡跑去。

後方傳來了槍聲，還有反擊的機關槍聲，隊長和那傢伙死命地跑著，隊長精疲力竭地說道：

「小朋友，不快不行，現在不飛的話就來不及了，再往前一段路就會有個安全的地點，但我不希望你又飛走！」

槍聲逐漸遠去。

「我在夜晚沒辦法飛。」

隊長一聽到那傢伙這麼說，立刻停下腳步。

「為什麼？」

「因為我在夜晚看不見風。」

樹林裡的貓頭鷹聽見這句話，發出了嗚嗚的哀叫聲。

第十章

革命黨的基地在市區正中央某幢建築物地下，那幢房子是一位醫生的家，許多人進進出出也不會啟人疑竇。

地下室有點髒亂，比洞窟還要荒涼，那傢伙又開始不由自主地哭了起來。

他的腦海中浮現漆黑洞穴中的生活回憶，有熊阿姨又厚重又暖溫的巨大肚子，以及夜晚和熊弟弟一起模仿母熊打鼾聲而暗自偷笑的模樣。

「好想回到心臟山！」

那傢伙在心中吶喊著。

醫生家的地下室，正中央有個搖搖晃晃的桌子，及六張老舊的椅子，角落有四張睡床及有裂縫的瓷製洗臉台，天花板掛著一盞昏暗的燈泡，牆壁邊還有許多並列的箱子。

那傢伙沒有看箱子裡有什麼，其實那裡面裝著武器和爆裂物，其中一個箱子上還有無線電。

這三天那傢伙無法到危險的外面飛，都被關在地下室，一天三餐都有人送來，飲水都是從洗臉台的水龍頭取水。

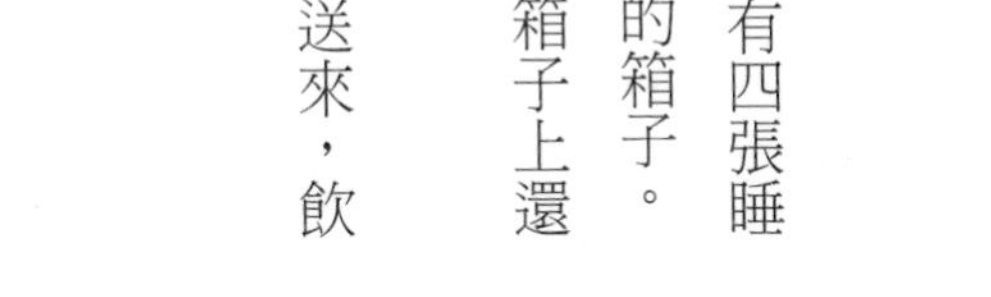

白天可以聽見頭頂上方傳來病患的腳步聲，叩嘍、叩嘍、叩嘍、叩嘍，還有感冒的咳嗽聲……

到了夜晚，革命黨員就會聚集在這裡。

什麼會飛的男孩？當然，幾乎所有人都不相信隊長的話。

第二天，傳來一個壞消息。

是有關那傢伙和游擊隊隊長逃亡的那天晚上，分頭逃跑的兩名游擊兵的其中一位，腳被擊中而遭到逮捕的消息。

其他革命黨員臉色非常沈重地看著那傢伙及隊長，想要救出伙伴是不可能的事了。

「如果，這個地方被他供出來的話……」

「不，雷尼克是個勇敢的男人，應該什麼都不會說。」

「但是，金蛇隊一定會嚴刑拷問……」

「金蛇隊是什麼？」

那傢伙這麼一問，革命黨員吃驚地說道：

「你什麼都不知道啊？金蛇隊就是指總統的『特別軍事警察』，黑色制服的肩上有金色的蛇形標誌，全是一群令人作嘔的傢伙。」

這時，隊長對那傢伙說道：

「你消失的這段時間，國家的局勢日益惡化，議會被解散，大學也被關閉。根據新訂的法律條文，在野黨實際上已不被承認了，就算要審查議案，也變得困難重重。

現在還頒布了戒嚴令，只要反對總統，或是說金蛇隊的壞話，就會馬上被逮捕。這個國家已經沒有自由了，所以我們才要戰鬥，而且希望能夠借用你的力量。」

「那要怎麼做才好呢？」

聽到那傢伙這樣問著隊長，其中一名黨員鄙夷地說道：

「這個小鬼能做什麼？隊長，請你停止吧！為了這個孩子而改變計畫，造成一個夥伴被逮捕，難道不是這個小孩害的嗎？越想我就越火大！」

「你聽不懂我說的話嗎？這個少年擁有很厲害的能力，是世界上僅有的超能力者，而且還能在天空中飛行，是我這雙眼睛親眼見到的！」

「隊長，那天你哥哥在你的面前慘遭殺害，之後你六個月都待在監獄裡頭被嚴刑拷打，因此你的記憶多少有點混亂，這個小孩的事也是你的錯覺啊！小孩在天空飛翔？如果那是真的，那麼現在就讓我們看一下吧……」

隊長越聽越生氣。

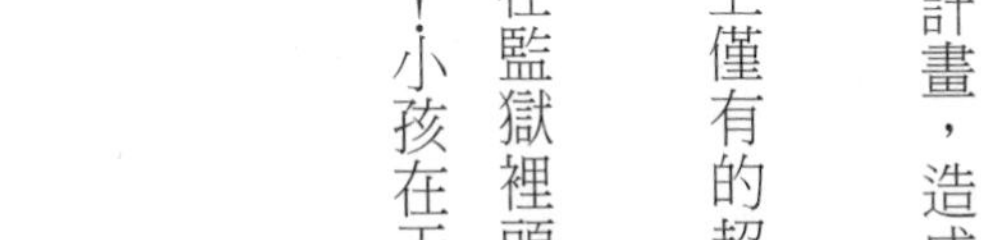

「就算是想到什麼就講什麼，但總有可以說和不可以說的話吧！我的記憶混亂？我的錯覺？我是一位科學家！我證明給你看，如果不相信我的話，現在就殺了這孩子吧！如果可以槍殺得了的話，我就自行了斷，要發誓也可以！」

「隊長，夠了！我們不是金蛇隊，殺小孩這種事兒，我們幹不來。」

另一個人趕緊出面緩頰。

「這話題就到此為止。和這件事相比，如何救出約翰和雷尼克，才是最重要的，不是嗎？雖然我不知道這孩子擁有什麼超能力，但這話題日後再討論吧？」

「好，我知道了。」

隊長一邊壓抑怒氣、一邊說道。

那傢伙始終保持沈默，心裡卻暗自煩惱著。

到了第四天，那傢伙已經受不了，他盯著鎖著他的討厭窗戶瞧，一動也不動的盯著、盯著、盯著、盯著……

啪、啪、啪、啪！在一陣猛烈的聲響後，那窗戶被他破壞了。

呼吸一口久違一年的市區空氣，那傢伙感覺到了自由的氣息，但是他馬上察覺到城市人們的表情，帶著一種說不出來的鬱悶。

這麼說好了，這座城市裡有著各式各樣的色彩，紅褐色的磚瓦、乳白色的石壁，混雜顏色的漆畫，但是城市給人的整體印象是灰色的。而且，不管走到哪邊都看得見黑色制服的軍人，那些男人都一副自以為了不起的樣子，讓人覺得討厭。

烏爾斯雖然體格都很強壯，但不會這麼囂張。

第十一章

「喂，你！過來這邊！」

黑色制服的士兵把那傢伙叫住。

軍人的黑色制服上有著閃閃發亮的鈕扣，黑色的帽子以完美的角度戴在頭上，還有發亮的黑色長筒皮靴，和皮製斜叉呈十字形的吊帶，腰際掛著長槍及短劍。

那傢伙停下了腳步看了士兵一下，剎那間無法呼吸地震了一下，那個士兵的肩上有黃金製的蛇形徽章。

是金蛇隊！

「喂，你沒聽到嗎？過來這邊！」

那傢伙朝金蛇隊男子走去，胸中卻好像有塊鉛塊壓著般沈重。

「你，那是什麼？讓我看看！」

那傢伙忘了皮帶上還插著一樣東西，就是之前在黃金龍子民洞穴裡的那把青銅短刀。

金蛇隊男子一把搶過那把短刀，以令人厭惡的態度說道：

「你，在哪邊得到這把刀的？我要逮捕你！」

士兵一邊說著，還一邊把那傢伙銬起來，那傢伙驚訝地反問道：

「發生什麼事？為什麼要逮捕我？」

「首先，市民不可攜帶武器，你違反了法律。其次，這是骨董吧？如果是，一定是偷來的。你過來！」

那傢伙再度被帶往國家軍事管理局。

那傢伙站在承辦軍官的辦公桌前，等著回答軍官的質問。

辦公桌上放著黃金龍子民的短刀，仔細一看還真是漂亮的文物。

青銅短刀的刀刃長二十公分，刀柄部分也是青銅製的，上面刻有蛇圍繞的形狀，蛇的眼睛則是兩顆綠寶石。

很久之前有個叫尼比克的年輕人，也拿著同樣的短刀。

「你住那兒？」

「沒有。我已經回不去了。」

「沒有？是說謊，還是記不得了？」

「……」

「雙親的名字是？」

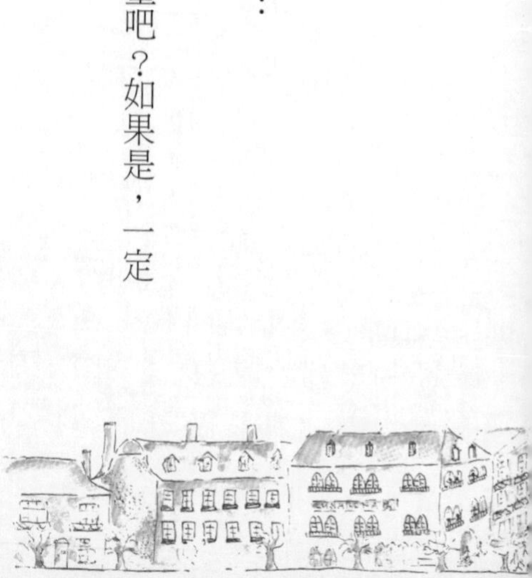

「這個……我沒有父親，母親的名字是烏爾莎。」
「烏爾莎？姓什麼？」
「沒有。」
承辦軍官漸漸地不耐煩了起來。
「你是笨蛋嗎？」
「嗯！大家都說我在做傻事。」
「這不能做成筆錄！」
軍官以稍為緩和的口吻問道：
「小朋友，這把短刀是從哪裡得來的？」
「是我找到的。」
「所以才問，是在哪裡找到的？」
「這個……」
那傢伙正在想要如何解釋哪裡找到這把短刀才好，軍官又開始不耐煩起來。
「這是在哪裡偷來的？」
「不是偷來的，是我找到的。」
「說謊！給我說實話！」

這時管理局辦事處外頭，正巧路過一位年輕男子，身穿著深藍色西裝。

這名男子是科學大臣的秘書，他熱愛考古學，放在軍官桌上的短刀，立刻吸引了他的目光。

咦，那不就是黃金龍子民的短刀嗎？如果是真的那可不得了。

秘書走了進來。

「中尉，如果這是真的，它一定是從博物館裡頭被偷走的，請把它交給我，我必須調查這把短刀，請別讓這孩子逃走。」

秘書說完就拿著短刀到隔壁的國立軍事科學中心去，他必須在那裡核對許多歷史事件，仔細調查這把短刀。

真是令人不敢相信，這是截至今日尚未發現的國寶級文物，這把短刀不是博物館內的東西！

秘書趕緊帶著短刀往科學大臣的房間奔去。

「大臣，大發現！請您看看這個，這是五千年前黃金龍子民所使用的短刀，這是完美又寶貴的文物。」

在國家博物館裡，黃金龍子民的短刀也只有三把而已，而且每把刀上的綠寶石全

都被摘走了。

科學大臣馬上拿起來仔細地看著。

「這是真的嗎？」

「是真的，絕對不會錯。」

「這是哪邊裡來的？」

「好像是一個不知道哪裡來的男孩身上的東西，現在金蛇隊正在審訊那孩子。」

大臣一聽馬上在紙上寫了些什麼，然後親手交給秘書。

「快點把這拿過去，請他們把那個孩子交給我們。如果他們還有意見，責任我來擔，快點過去！」

在科學大臣奢華的辦公室裡，黃金龍子民短刀上的蛇眼散發著令人毛骨悚然的青光。大臣自言自語地說：

「五千年前的真品，黃金龍子民的短刀……，真是沒有缺陷、完美的文物，就算是總統，也不會擁有這麼有價值的東西吧！！」

大臣好想把這寶物據為己有。

「好，就想個辦法！」

總統的照片高高掛在牆壁上，彷彿正用可怕的眼神盯著大臣，青色的眼睛、冰冷的眼神……就像蛇的眼睛。

那傢伙被囚禁在房間裡。對他而言從那種地方逃走，根本就是輕而易舉的事情，但他已經不想再破壞別人的房子了。

不可以再破壞窗戶，弄壞東西之類的事情也不可以再做，好好在這兒耐心地等著吧！

在心臟山時，曾經附身在一名洞窟族男子那比克的體內，再試一次看看吧！那傢伙閉上眼睛，試著將自己的意識移轉到房間外。

在國家軍事管理局的某個房間裡，一位中士正在椅子上迷迷糊糊地打著盹，那傢伙進入了他的夢，暫時借用了這位中士的身體。

這位中士慢慢地站了起來，走出房間穿過走廊，到了牢房。中士在牢房外拿了鑰匙，雖然周遭有幾位金蛇隊的哨兵在監視，卻沒有人向前盤問他。

中士走進囚禁著雷尼克的單人牢房，雷尼克盯著進到單人牢房的中士說道：

「不論你做什麼，我絕對不會說，反正我已經決定要赴死了。」

中士盯著雷尼克蒼白的臉，用小孩的聲音開口說道：

「雷尼克先生，請站起來，我是來幫你的。」

雷尼克嚇了一跳，但金蛇隊的話怎麼可以相信。

而且依目前的情況來看，雷尼克已經沒有辦法站了，因為他的腳已經開始壞死，牢房裡也瀰漫著噁心的氣味。

那傢伙突然想到：

「我也不知道為什麼，但我應該可以治療那傷口。」

「雷尼克先生，請閉上眼睛，我不會弄痛您的。」

雷尼克聽了以後感覺到一股說不出來的安全感，他繼續盯著中士，中士依舊以小孩的聲音說道：

「雷尼克先生，把眼睛閉上。」

雷尼克坦率地把眼睛閉上。

「雷尼克先生，請摸著您的腳，同時心裡想著『已經不痛了！』」

他照著話做了。

「已經好了，你可以站起來了唷！」

雷尼克睜開眼睛站了起來，不過一秒鐘，壞死的傷口就被治癒了。

「你是神派來的使者嗎？」

雷尼克跪著望向中士，一邊問著。但是，那傢伙無法回答這麼難的問題。

「我沒有太多時間了，快點走吧！」

雷尼克跟在中士的後頭。

「你要把他帶去哪裡？」

金蛇隊的哨兵問道：

「將這犯人移到別的監獄。」

中士鎮定地答道：

那傢伙在這時都沒有想到中士的事情，之後他會受到什麼樣的處罰？連如何被上司責罵他都沒想過……

雷尼克已是自由之身了，那傢伙讓中士坐回原本的椅子，然後回到自己的體內。

不論是進入別人的夢，或是回到自己的體內，這些事對那傢伙而言一點都不困難，因為他始終覺得，在很早之前人就會那麼做。但他只要再繼續想，他就會注意到自己的身體，已經開始冰冷起來。

第十二章

那傢伙當天就被帶到科學大臣的房間。

令人驚訝的是，科學大臣原來就是那個令人害怕、會在石頭上鑿洞的機械發明人。

「請進。傑爾，請送些飲料及甜點過來。」

科學大臣坐在磨亮的紅木書桌前說著，秘書走出了房間。

「好，小朋友，和我做個朋友好嗎？可以再靠近我一點嗎？到我這邊來。」

大臣盡可能地對那傢伙表示友好。

那傢伙坐到大臣的桌前，心裡卻有點擔心，暗自猜想著。

「他不記得我的事了吧……」

在那之後已經過了一年多，那傢伙在一年內長大了不少，頭髮長了，臉也曬黑了，身體不只像小熊般強健，而且還像高山及冰山般堅忍。

大臣是無法將在空中飛行逃跑的小孩，和眼前坐著的少年聯想在一起的。

「小朋友，這把短刀是我國最早期的重要文化資產，國內目前也只有三把而已，是非常珍貴的文物，你知道吧！」

「是的，但是我還看到很多。」

「什麼？不可以隨便亂說喔！」

大臣透過鏡框，用炯炯有神的銳利目光盯著少年。

「小朋友，不可以開大人的玩笑喔！你不知道這是把什麼樣的短刀吧？」

「我知道啊！這是黃金龍子民的年輕人所使用的短刀。」

科學大臣大吃一驚。

為什麼這小子知道這件事呢？

「年輕人的短刀？小朋友，那是什麼意思？」

「黃金龍子民的短刀有很多種，年輕人用的短刀，在刀柄、蛇眼的部分是用綠色寶石鑲嵌而成的，而神官的短刀則是用紅色寶石鑲嵌的。至於，黃金龍子民中最偉大的人使用的短刀……應該說是刀子，因為那比短刀還大，上頭有二條蛇纏繞在一起。」

「在刀柄上？」

「嗯，蛇的眼睛，是四個閃亮的寶石製成的。」

大臣驚訝之餘，許久都說不出話來。

到目前為止，人們所發現的黃金龍子民的遺物，只有三把短刀，以及刻在石頭上

剛被解讀完了的《武勇傳》而已，況且《武勇傳》的發現和解讀，至今仍屬機密，消息是絕對不可能走漏。

雖然說解讀，其實是總統命令的十位考古學家及語言學家，經過六個月的反覆研究，也才好不容易解開文字之謎罷了。至於《武勇傳》記載的究竟是歷史、還是詩歌，仍舊無法判別。

《武勇傳》中記載了昔日黃金龍子民之國王的事蹟，王者之刀是以四顆鑽石作為蛇的眼睛鑲製而成，而且每一顆都有鴿子蛋般大小。

「你……該不會真的看過那把刀吧？應該不會看過那把黃金龍子民的刀吧？」

「我看過啊！但是酋長只有在特別的時候才會拿出來，男人平常手中持的是長槍，酋長的槍比任何人的槍都還要大，所以可以擲得比任何人都還要遠。酋長真的很強壯喔！」

大臣毛骨悚然地看著那傢伙，那傢伙說的確實是《武勇傳》中所記載的。

「等一下，你剛才說你看過那把刀，是在哪裡看到的？」

大臣提高了音量。

「在洞穴裡……。」

話才說出口了，那傢伙突然擔心起來。

或許，熊族希望將那座洞穴的事情當成秘密……糟糕！

「洞穴？小朋友，那個洞穴在哪裡呢？」

那傢伙看著自己的腳，臉開始紅了起來。

「……這個不可以說，這是秘密。」

現在就算生氣也只會產生反效果，大臣心裡這麼想著，臉上勉強擠出些笑容繼續問道：

「小朋友，和叔叔做個朋友吧！你和其他人聊過那個洞穴的事情嗎？」

「沒有。」

「那麼，其他人知道那個洞穴的事嗎？」

「不知道。」

大臣姑且放下心來。

正巧這個時候，敲門聲響起，秘書捧著紅茶及蛋糕過來了。

「大臣，我回來了。這樣可以嗎？蛋糕以及紅茶如何？」

「好，辛苦你了。小朋友，你喜歡吃蛋糕嗎？不要客氣，請用。」

那傢伙把放在大臣辦公桌上、摻有葡萄乾及核桃的水果蛋糕大口大口地吃掉。

睽違一年的蛋糕，感覺非常好吃。

在大口大口地吃著蛋糕的同時，他注意到掛在牆壁上的大相片，蛋糕頓時變得很難吃。

那是當時國家軍事管理局中庭裡，想要用手鎗射殺他的那個討人厭的上校的照片。

那傢伙不由地問道：

「大臣，為什麼會有那張照片呢？是你的朋友嗎？」

科學大臣笑著。

「你這孩子真會說笑話。朋友？是啊，總統是我的朋友，是大家的朋友，因為他是個很了不起的人。」

「總統？那個討人厭的上校變成了總統……」

那傢伙心裡想著。

「自從布拉尼克上校當上總統之後，國家就日益強大，他對國家的歷史多麼地關心。你知道吧，一國的強弱是由這塊土地的歷史孕育而成的，國家若不強壯，必定會滅亡。

為了變成強國，就要有一個使國力變強的神龍力量的人來統治，布拉尼克總統就

是擁有神龍力量的人喔！

小朋友，你所發現的這把短刀，和這個國家的歷史有很深遠的影響。如果將這把短刀交給總統的話，他一定會很高興的。

總統跟誰都可以做朋友，是個心胸寬大的人，下次我們一起帶著這把短刀去見總統，好嗎？」

科學大臣想要利用呈上這把短刀來巴結總統之外，他還企圖將那傢伙發現的酋長之刀與神官短刀據為己有。

為了不讓這孩子落入別人的手裡，必須想個辦法才行……

大臣暗自決定要拐騙這個孩子，將他軟禁在私人的宅邸裡。

其實，大臣對總統的真實想法，和他所說出來的話恰好完全相反。

雖然將這個寶物交給布拉尼克這傢伙有點可惜，但是這是沒有辦法的事，我一定要將更貴重的酋長之刀弄到手。

布拉尼克或許能夠魚目混珠，充當一下總統，但是他並沒有多厲害，絕不是個當總統的料。那個殺人狂！殺了國王、殺了前總統，將來這傢伙一定也會被殺的。

洞穴內藏有黃金龍子民的刀子、短刀的這件事，絕對不能讓那個傢伙知道！

大臣回想起半年前所發生的事情，輕蔑地笑著。

半年前布拉尼克和曾經友好的前總統，聯合發動武裝政變，誘騙國王，暗中下毒將他謀害。

雖然布拉尼克擔心國王深受人民愛戴，而且前總統也反對殺掉國王，但是布拉尼克仍然排除所有的反對聲浪，親自動手毒害了國王。

他巧妙地四處遊說，還企圖將毒害國王的責任嫁禍給前總統，那時前總統才開始注意到布拉尼克居心叵測。

某天，科學大臣被總統召喚到辦公室去，當時他還是個研究原子力學的科學家。當時在辦公室裡所看到的情景，科學大臣至今想忘也忘不掉。

前總統趴在書桌上，右邊太陽穴上有個彈孔，磨得發亮的書桌上頭的那些白色文件，四散著鮮紅的血，垂下的右手上拿著手槍……

大臣站在門口一動也不敢動，布拉尼克看到他時，他說：「總統自殺了。」

雖然布拉尼克這樣說，但他的槍套是空的，而且前總統是個左撇子。

為總統的死亡提出證言時，布拉尼克說：前總統受到國王被殺的恐怖陰影影響而選擇自殺，大臣受到布拉尼克的威脅，一起做了偽證。

承蒙布拉尼克的提拔，他才能成為大臣，但是他心裡始終有個擔憂：不知道何時那個殺人狂會殺我，他並不信任我。

「洞穴裡等待發掘的黃金龍子民寶藏，一定全部都會成為我的。我的力量將變得更強大，布拉尼克，你等著看吧！」

科學大臣心裡這樣盤算著，所以一看到那傢伙，又開始假笑起來。

「小朋友，今天叔叔會帶你到一個好地方，那裡有好吃的餡餅及燉肉，但是在那之前，請你先將這蛋糕吃完，乖孩子！」

那傢伙看著蛋糕，蛋糕是白色的，甜美的白色，盤子也是白的，盤子上還有花朵圖案。

「雖然這蛋糕看起來很可口，其實一點也不好吃。」

那傢伙這麼想著。

大臣的心思反映在蛋糕上，蛋糕上可以看見其他的顏色。

紅色……灰色……白色……。

「別客氣啊，全部都要吃完喔！叔叔要趁這段時間處理一下文件。」

大臣開始看起堆積如山的文件。

「非常謝謝你，但是我吃不下了。」

科學大臣停下手來，訝異地看著那傢伙。

「為什麼？像你這種年紀的孩子應該最喜歡吃蛋糕才對，真是奇怪。算了，隨你

便吧！」

這時候，令人意想不到的話，從那傢伙的嘴裡脫口而出：

「我看到血……紅色的血及白色的紙……」

大臣楞了一下，看著那傢伙。

「然後，我也看到短刀……」

「短刀？在哪邊？」大臣驚訝地問道。

「在一個大房間裡，對了，應該是在博物館裡。許多人正在看著短刀，短刀是放在紫色絲絨布上，四周圍著玻璃箱。」

那傢伙指著牆壁上掛著的布拉尼克肖像。

「在那個房間裡有那個人，還有你！」

大臣驚訝地瞪大眼睛。

沒錯，就是這樣。

前總統死亡的前三天，總統、布拉尼克和數十位政府的政要，受邀參加國立博物館分館的開幕式，博物館館長還擔任參觀導覽。

這個孩子清楚地說出了當時所發生的事情。

那天，布拉尼克原本顯得絲毫不感興趣，一雙眼睛百般無聊地盯著天花板，四根

手指不耐煩地敲著槍套。

但是，到了黃金龍子民的展示區時，布拉尼克眼睛卻散發著奇妙的光輝，雙腳像是生了根似的，站在櫥窗前站一動也不動。

「把這打開！」

館長驚訝地看著布拉尼克。

「布拉尼克上校，這是博物館裡頭最重要的文物，展示窗還連接著緊急鈴……」

「把這個打開！」

看著布拉尼克的表情變得猙獰而可怕，館長趕緊關掉緊急鈴，將短刀的櫥窗打開。

布拉尼克初次握著那把短刀時，好像變成了另外一個人似的。

「這把短刀是我國祖先留下來的文物，這世界上只有一個人瞭解這把短刀歷史，那個人是誰？就是我。

我就是短刀，短刀就是我。這短刀為何存在？是為了切開腐壞的肉，為了切開國家的腐肉。

人體的某部份如果壞死的話，只能切下扔掉，社會、國家、世界也是一樣的！」

三天後，總統就被殺了，布拉尼克成了總統。

從那天開始，布拉尼克就下令：
「反對我統治這個世界的人，格殺勿論！」
大臣沈默了一會兒，看著那傢伙清澈又漂亮的雙眼。
「總之，我們離開這裡，請跟我來。」
大臣無話可說。
蛋糕就那樣地被遺留在那裡。

第十三章

布拉尼克在學生時代既不喜歡唸書，也不喜歡運動，朋友很少。

他十二歲就長得很高大，頭大、腳也大，還有一張笨拙的臉。他變聲變得比其他人早，聲音粗獷且穿透力強，連學校老師都喜歡學他說話的聲音。

當時，布拉尼克是班上同學的笑柄，是天鵝群中的醜小鴨。

有一天，布拉尼克做了一個永生難忘的夢。

夢中他感覺自己像睡飽一樣的清醒，坐在床上環視著整個房間，床上有一條蛇。蛇身上的鱗片，由金、銀，還有白金所構成，眼睛像是赤紅的紅寶石，蛇一邊伸出了黑色的舌頭，一邊問他「喂，你會害怕嗎？」

「會。」

「這樣啊，你把我吞下去看看。如果害怕的話，就把我吞下去。」

夢中的布拉尼克邊抖著手，邊抓著蛇滑溜的身體，從頭把牠吞下去。肚子一下子變得像冰一樣的冷，一下子又熱得如火在燃燒。

布拉尼克走到窗戶旁邊，看到了如龍形的雲，那是街上黑油油捲成一團的蛇。這

時，他聽到了從自己身體裡面傳來的聲音：

「你是龍的小孩，你是蛇的使者，如果見到害怕的東西，把它吞下去就對了。」

布拉尼克睜開了眼睛，當時他真的站在窗戶前面，觀看著夜晚的街道上，天空也有被風吹得搖晃的怪雲。

在一個天氣晴朗的下午，一堂歷史課上，老師的聲音如同蜜蜂般喋喋不休，布拉尼克突然被老師從後方狠狠地敲了頭。

「布拉尼克，站起來！你到底有沒有在聽課，我現在說的可是黃金龍子民的歷史，我再說一次……」

布拉尼克打斷了老師的話，用他那粗啞的聲音說起故事。

其他的孩子一聽到布拉尼克的聲音，立刻當他是笨蛋般地大聲笑了出來，但隨即被他那如詩般的故事情節吸引，甚至震驚得說不出話來。

比起老師枯燥乏味的說明，布拉尼克說的故事，有趣得多了。

「從前，黃金龍子民從北邊的山移居到此地，打造了數百年的黃金龍帝國，我們的祖先就像黃金龍子民般的美麗與勇敢，在這世上是絕無僅有呀！

身上背負著統治其他民族的義務，為我們帶來和平的，正是黃金龍的子民啊！

因此，我們的國家依然無法忘懷這一段珍貴的歷史，但是因為發生了一些令人惋惜

的事情，純種的黃金龍子民的血和其他劣質的血混在一起了，這是墮落的開始。

乾淨的水和混濁的油，是不能混在一起的啊！」

布拉尼克的眼中燃起了熊熊怒火，下了一個結論。

「這個就是黃金龍帝國滅亡的原因。」

老師一聽到布拉尼克最後的那句話，臉整個漲紅了起來，因為他的父親是在鄰國薩尼亞出生的。

「是這樣啊！聽你這麼說，你就是那個美麗的黃金龍的子民囉！哼，原來如此……」

老師繼續輕蔑地說道：

「的確，黃金龍子民的神是龍，但是套句你說的話，與其說你的神是龍，還倒不如說你的神是雲，這還比較適合你，不是嗎？」

布拉尼克的大頭和他細長的四肢，都足以證明這種說法，孩子們都忍不住笑了起來。

那晚布拉尼克又作夢了。

他做了一個龍在學校現身，並且破壞學校的夢，醒來時他汗流浹背。

隔天布拉尼克無故缺席。

那天，布拉尼克一大早就爬到小山丘上眺望，遠遠地就可以看見北方的山上聚集了又黑又高的積雨雲，他周圍的空氣十分凝重，身體的汗毛因為靜電的關係，全都豎了起來。

午後，驚人的雷聲伴隨著大雨到來，造成了一場可怕的水災。

蓋在山坡下的學校，因為大雨沖刷土石引起山崩而遭到掩埋，歷史老師和好幾個小孩都在這場災難中死掉了。

布拉尼克親眼目睹了這一切，他的頭髮和衣服被雨淋濕了，他的眼睛卻一點也沒有被淋濕的痕跡。

布拉尼克望著被毀壞的房子、泥巴的殘骸，以及半邊的山丘彷彿被龍給抓傷的殘局，得意地笑了。他高舉雙手望著天空，然後大聲吶喊著：

「爸爸，我終於懂了，我終於知道，蛇告訴我的是什麼意思了。

我是為了打造新黃金龍帝國而出生的，我是龍的子民啊！

為了開啟歷史的新頁，請賜給我力量吧！」

從那天起，他只聽他腹中的聲音。

十六歲時，布拉尼克進了軍校。

在軍校中布拉尼克沒有朋友，但他可是射擊的常勝冠軍，也是軍校史上最優秀的學生，有些學生覺得這男生應該會成功，至少會變成陸軍元帥吧！。

但是布拉尼克的不易親近，是他的致命傷，沒多久，他的身邊就不乏那些阿諛奉承的年輕軍官。

「布拉尼克是個有趣的人。」

「布拉尼克正在走運。」

「布拉尼克不會害怕。」

這時候的布拉尼克是雞群中的老鷹，他利用這些人洞悉人類的內心。

布拉尼克認為要改寫新的歷史，一定要有優秀的科學發明與卓越的民族性，為此需要強勢的政府、嚴格的法律，以及堅強的科學武器。

幾年前，布拉尼克成了陸軍上校之後，軍隊在開發雷射砲這種可怕武器上不遺餘力，他一當上總統便將雷射砲實用化。

不只如此，他還完成了在空中飛行的飛船，飛船不只以原子做為動力，就連雷射砲也都用原子為動力，簡直是所有恐怖武器的大結合。

第十四章

科學大臣的家，在離首都很遙遠的地方，由大臣的曾祖父所建造，是一幢大型的石砌房屋。

其實，他的家世顯赫，過去是很有錢的大地主，但是他的祖父及父親幾乎耗盡家產，挹注在那些金錢及名譽都比不上的科學實驗中。他們家以前曾經有很多僕人，現在卻只剩下二位。

每次車子駛進這幢房子長長的白楊樹道時，大臣總是想著：

「我美麗的家啊！不久，我會讓你每扇窗戶都透出通明的燈火！」

現在，那傢伙正被載往這幢房子，他在車裡驚訝地說道：

「真是幢好大的房子！」

那傢伙嘴上這樣說著，他的手腳卻都起了雞皮疙瘩，因為那幢房子有著無法形容的恐怖、寂寥。車子才在正門口停下，一位圍著圍裙的胖阿姨就走出來。

「梅亞麗，有客人。這個少年將待在這裡一段時間，幫我好好照顧他。」

大臣交代梅亞麗之後，又轉身對一同前來的金蛇隊士兵悄聲說道：

「這傢伙很喜歡惡作劇，常常往外跑，這下就拜託你了！」

那傢伙心中很不安，連什麼是什麼都還搞不清楚，但是感受到眼前這位胖阿姨笑容裡的溫暖，所以完全沒想到要反抗，他沈默地跟在大臣身後進到屋子裡去。

從那天開始，那傢伙就被軟禁在科學大臣的家裡。

正如那傢伙所想的那樣，負責做飯的梅亞麗，是位喜歡照顧別人的阿姨，連七十多、滿頭白髮的男傭馬拉克也常常跑來關照他。也許因為如此，讓那傢伙不曾想過要從這裡逃走。

此外，那傢伙打從大臣那兒聽到「飛船」之後，他滿腦子都是想要試搭一次那種交通工具的念頭，完全沒顧慮到那艘船有多危險。

有一天，當大臣回到家，他試著死皮賴臉地拜託大臣：

「我也想要坐上那艘船。」

「好啦，好啦！讓你坐就是了，下個禮拜會舉行首次飛行。

好，就這麼辦。你就以我的外甥的身分上船吧！

最近，我們也找個時間，去你說的那個洞穴看看，可以嗎？」

那傢伙低頭不語。

但是，他在那時已經下定了決心，絕對不會說出關於心臟山的事情。

第十五章

過了一個禮拜。

那傢伙被科學大臣帶到一個十分遼闊的地方，那裡有艘巨大的金色圓形飛船，正在等著他們。

飛船高十公尺，直徑有一百公尺，四周有許多圓形窗戶，飛船的入口也是圓形的，還有金屬製的階梯，可以看到入口裡有奇妙的紅色光芒，這讓人想起上古時代黃金龍子民的洞穴。

從飛船內部傳來了原子引擎的運作聲，那聲音也像極了黃金龍子民的太鼓聲。

「很漂亮對吧？那麼趕快進去裡面看看吧，就快要見到總統了。」

科學大臣一邊這麼說著，一邊催促著孩子。

「咦，總統……叔叔，你已經把那把短刀送走了嗎？」

大約兩個禮拜前，大臣是這麼對那傢伙說的。實際上，當時大臣是這麼想著：

「那把完美的短刀，或許……或許會變成黃金龍子民最後的短刀。」

於是就含糊地告訴那傢伙說，已經交給總統了。

反正，那傢伙還只是個孩子嘛！

一開始，大臣謊稱已經交給了總統，只是為了將自己的行為正當化。這一週來占據大臣心思的，幾乎都是飛行船測試飛行的事情，早就將當時的謊言忘得一乾二淨了。

科學大臣這時敷衍地催促著：

「快點！」

「總統也會搭嗎？」

「不，總統這次沒有要搭。」

「那個混蛋應該會等到確定飛船的安全之後，才願意搭吧……」

大臣心裡這麼想著，嘴巴卻說：

「布拉尼克一定在祈求這次測試飛行失敗，因為失敗了他就可以殺掉我這個討厭鬼了，布拉尼克正覬覦著我的人頭哩！

不過，那樣是行不通的唷！我把全部財產都投入在飛船上面了，人們會從這艘飛船的輝煌成果，看到在他之下的我的真正實力。

這樣我的地位也就會更加穩固，這艘飛船可是攸關我的性命啊！」

大臣和那傢伙搭上了飛船，裡面從司令官、操縱士到兵隊，共有二十名人員。大

臣領著那傢伙坐下，透過大窗戶看到外面的景色。

「已經看到總統了，現在立刻進行起飛測試！」

這時，飛行船中的擴音器裡，傳出了總統的聲音：

「各位組員，你們正在開創我國歷史的新頁，新黃金龍的子民從今天開始支配天空。

希望你們了解，各位的總統布拉尼克，雖然身體在地上，心是和各位一起飛翔的。為了我們的國家，為了新的世界，要飛的又高又遠，讓全世界都聽到我們飛船的引擎聲！」

總統致詞完畢後，飛船的引擎發出了比雷聲還要巨大的聲響，機尾噴出了紫色和橘色的火光，慢慢地垂直升空。

飄浮在天空的飛船，好像是從白天的雲朵中探出頭來的小太陽，太陽的光芒相互輝映，真是美到令人摒息。

在數小時之後，金黃色的飛船跨越國境出海了，呈現在大家眼前的是寶石般的綠色群島和清澈的藍色大海，漁夫的小型帆船揚起了大大的三角形紅色風帆，在海上航行著。

那傢伙興奮地大聲喊道：

「你看，那好像紅色翅膀的蝴蝶，好漂亮喔！！」

飛船繼續往外海飛去，船的下方開始出現藍鯨群，鯨魚噴出了水花，水氣裡透著出因光線所形成的彩虹。可是，所有的藍鯨聽到原子引擎轟隆作響的聲音，便揚起了像巨人扇子般的尾巴，潛到黑暗又寂靜的深海裡去了。

「指揮官，到南蠻島還要多久？」

大臣對著座位旁的麥克風問道。那是一個只要開口說話，就會馬上從擴音器傳來回答的裝置。

「再過十分鐘就到了。」

「目前的高度？」

「三千公尺。」

「那麼，我要到瞭望台上去。」

「了解。」

大臣解開了座位上的安全帶站了起來。

「小子，和叔叔一起到瞭望台去，在那可以清楚看到攻擊的情形唷！」

「咦？攻擊？什麼攻擊？」

那傢伙反問道。

大臣不發一語地往閃閃發光的金屬走廊走去，那傢伙也從後面跟上，周圍盡是令人不快的引擎轟隆聲。

走了一會兒，前方出現了一座樓梯，持槍的兵隊站在樓梯口向大臣敬禮。

「這小子也要跟我去瞭望台。」

「是，大臣。請進。」

飛船的瞭望台是圓形的，周圍三百六十度都是窗戶，和航行海上船隻的瞭望台截然不同。

飛行船平常飛行的時候，瞭望台看起來就像是一個小碗，放在圓盤般的金黃色船體上。

但是，一旦處於戰鬥狀態，瞭望台就會像圓形電梯般滑降到船體下方，這種特別的設計，是為了攻擊時可以清楚看到下方目標。

站在舵前的男子，突然大聲喊道：

「是南蠻島！」

「距離呢？」

「三十公里！」

指揮官按下按鈕，瞭望台便通過飛行船的中央步道，更靠近海面的小島了，像是可以伸手拿到一樣地清晰可見。

「現在要做什麼？」

那傢伙問了一個問題，大臣解釋說：

「看到前面的島吧？那個島上住著許多壞蛋。野蠻的海盜在兩百年前將我們的祖先，從這座島上趕了出去，那座島應該是我們的才對。今天就是要報復那群壞蛋，對那座島進行『滅鬼』行動。」

「不過，兩百年前奪下這座島的人，現在不是都已經不在了？」

「當然，但島上仍然住著海盜的子孫，小偷盜來的東西，即使後來遺留給別人，終究還是必須物歸原主。不還的話，現在擁有的人也會變成小偷。

現在那些住在島上的傢伙，不想從島上搬走，就是犯了和他們祖先相同的罪。懂了嗎？」

飛船迅速地接近南蠻島，高度下降到六百公尺。

從瞭望台向外看，可以看到城鎮和港口、漁船、稻田、岩壁、倉庫……等等景物。港口和小鎮山頂上那個像圓頂禮帽般的城堡，正沐浴在強烈的陽光下，像是沈浸在兩百年前的戰爭的夢裡一樣。

「雷射砲，預備！」

軍隊拉起了控制桿，像象鼻一樣長、旗魚嘴一樣尖銳的四隻鋼鐵手指，從飛行船的下方伸了出來，那就是雷射砲。

島上的人們因為從未聽過飛船的引擎巨響，全都嚇得發抖，但這不過是數分鐘後即將發生的恐怖事情的前兆罷了。

「射擊！」

指揮官一聲令下，軍隊便按下紅色的按鈕，四隻雷射砲發射出的紫色光線，就像數萬隻的矛狠狠地刺向城堡，城堡的石頭屋頂瞬間出現了無數的洞。

島上軍隊以舊式步槍瞄準飛船來應戰，但那一點用處也完全，就好像拿著石頭去丟月亮一樣。

「射擊！」

雷射砲再次射出似光的矛，城堡裡的軍隊相繼被燒死，轉眼之間，屍體已經堆的像山一樣高了。

「射擊！」

這次，雷射砲的光線，命中了城堡的彈藥庫。

碰！轟！轟！

彈藥庫大量湧出紅色火燄和黑色濃煙，城堡在一瞬間被摧毀。

從城堡中飛散出來的石頭，就像傾盆大雨一樣，劈哩啪啦地落在城鎮和港口上。石頭雨擊破了家家戶戶的屋頂和船隻，擊中了許多的漁夫和城鎮裡的人們。

事實上，就連城鎮也難逃雷射砲的摧殘，不管是庭院中盛開的九重葛，還是充斥著流行歌曲的街道，頓時都深陷於火海之中。

最後，飛船對港口發出致命的一擊，使停泊在港口的所有船隻都沉沒了。

「太好了，實在是太成功了。」

大臣十分雀躍。

「小子，我們在飛翔天際的黃金龍的身體裡唷！我發明的雷射砲是龍的氣息，是火的氣息。萬歲！萬歲！」

大臣一邊得意忘形地大聲笑著，一邊興奮地說道。

從飛船的瞭望台上可以清楚地看到，地上的人們在煙霧中四處逃竄的慘狀，那些人就好像是螞蟻一樣……

那傢伙不經意地想起曾經破壞過的螞蟻巢，以及不可思議力量的發現經過。

不過，那時他不知道那是螞蟻的巢，只以為是樹砍掉後剩下的殘根罷了。

此時，心中的悲傷清楚地浮了出來。

這樣實在太過份、太殘酷了！

「已經夠了，停止攻擊！」

指揮官下達了命令，軍隊將控制桿拉起來，四隻雷射砲便再度埋進飛船的肚子裡。

「指揮官，為什麼要停呢？還看得到會移動的人呀！」

擴音器傳來大臣的聲音，他似乎很不高興。

「軍事目標皆已摧毀，我的任務到此結束。」

指揮官冷靜地回答著。

「真可怕……」

那傢伙發著牢騷，不過，沒有人聽見就是。「儘快讓布拉尼克總統知道我們的空前勝利吧！」

大臣笑瞇瞇地說著。

美麗的藍天裡，從科學和技術之「惡」應運而生的黃金龍，再度發出怒吼，它以

驕傲的姿態吞噬了太陽的光芒，飛了起來。

「不管發生什麼事，我都不會讓他們知道有關心臟山的事情。」

那傢伙默默地告訴自己。

他看到這麼可怕的攻擊時，腦中浮現出飛行船在心臟山著陸的情形：

比鬼嚎瀑布和鬼子川更大的哀嚎聲，在心臟山不斷迴響。

驚恐的洞穴熊從洞穴中跑出來，往聲音的方向奔去，牠們一一受到無情的攻擊，全都因為毒箭或是烈火之箭所帶來的痛苦，漸漸……漸漸地死去……

一想到這裡，那傢伙不禁悲從中來。

不管怎麼說，黃金龍的子民都是洞穴熊的敵人。

黃金龍的人民一定會越來越多，喜好和平的洞穴熊也只能生活在心臟山裡，不可以再被人類踐踏了。

那傢伙決定把心臟山的秘密深藏心裡，他上了鎖，再把鑰匙丟到某個地方去。

黃金龍人民的洞窟就像夢一樣，徹底地從那傢伙的記憶中消失。

第十六章

南蠻島被消滅了。

在飛船的飛行測試成功，和雷射炮的攻擊演練成功之下，科學大臣的政績獲得了高度的評價，他的地位已經無法動搖了。

布拉尼克比以前更加害怕科學大臣的權力，這跟大臣的預感不謀而合，他伺機等待著暗殺的機會。

科學大臣這麼想著。

——要想辦法儘快地把黃金龍子民的寶物弄到手。只要有了那個寶物，我就能成為國內的首富。有了錢，即使是布拉尼克，也要向我低頭伸手。在得到權力和財富以前，都不能掉以輕心。布拉尼克確實盯上了我……。我必須利用飛船製造機會，到那個洞穴裡去……。

雖然沒有宣戰就進攻南蠻島，是個極為卑劣的行為，但意外的是，除了薩利亞人民共和國，沒有其他國家出面抗議或譴責。

薩利亞是個群山環繞的美麗國度，境內有著高聳山脈和深遂峽谷，全國嚴格地保護著自然環境，從未經歷過戰爭，從以前就被稱為「漂浮在戰場中的和平島」。

薩利亞全國都是軍人，不論男生、女生，從十六歲開始，每年的夏天和冬天都要接受軍事訓練，訓練內容以登山、滑雪和射擊為主，為期一個半月。這就是薩利亞從未參與戰爭，軍事力量卻十分強大的原因。

薩利亞人決不參加海外戰爭，然而，保護國家卻是全民的義務，每個人的床邊隨時都準備著槍、滑雪和登山用具，以及夏天和冬天的衣服。

薩利亞流傳著這樣的諺語：

「隔壁的蔬菜店是將軍的，違反命令的話，高麗菜的價格就會提高。」

薩利亞的人民十分健康，不知道是不是因為從十六歲到六十歲，每年都得接受嚴格的登山和滑雪訓練，加上他們習慣群體生活，因此也可以說沒有比薩利亞人更友好的民族了。

薩利亞有一首這樣的民謠：

十二輛黑色轎車和二十部摩托車從大門前的兩座大砲和
筆直敬禮的警衛間通過，在中庭停了下來。

那傢伙飛得比屋頂還高，乘著風，越飛越高，飛到看不到士兵的地方。

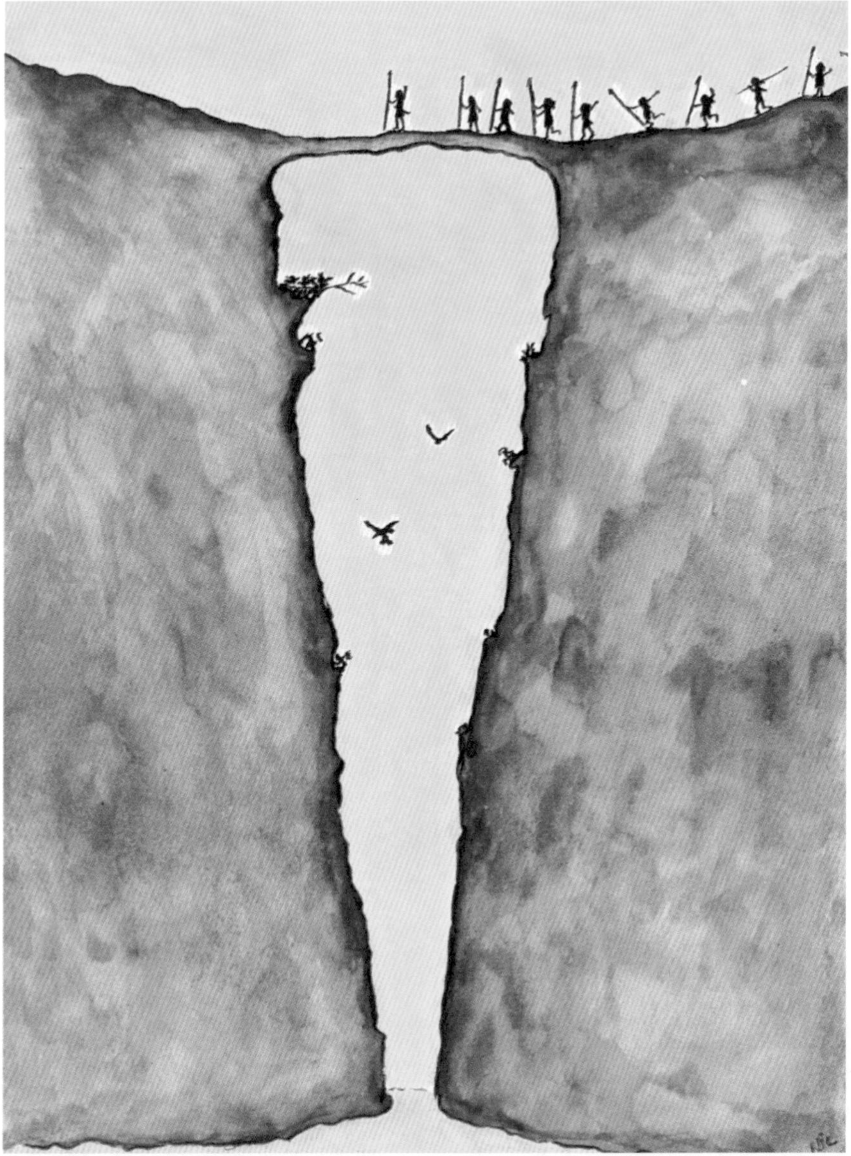

被高聳的懸崖及乳白色群山給包圍的島嶼，從以前就是個孤立的島。這裡只有鳥類棲息著。

如果我們知道那籃子裡裝的是什麼東西，我們絕不會讓他們渡過橋到這裡來。

公熊的腰際及肩上，披著死去動物的毛皮，腰際還佩帶著青銅劍，
手裡握著那種奇怪的棒狀物，胸前還有刺青……。

黃金龍的子民們全都集合在一個大洞窟內，圍成一個圓圈。圈圈外燃燒著八盞爐火。

幾分鐘過後，籃中一條巨大又美麗的蛇爬了出來。舌頭一邊敏捷的伸吐著，頭部一邊前後擺動。靜悄悄地，內側的太鼓聲又開始奏響。

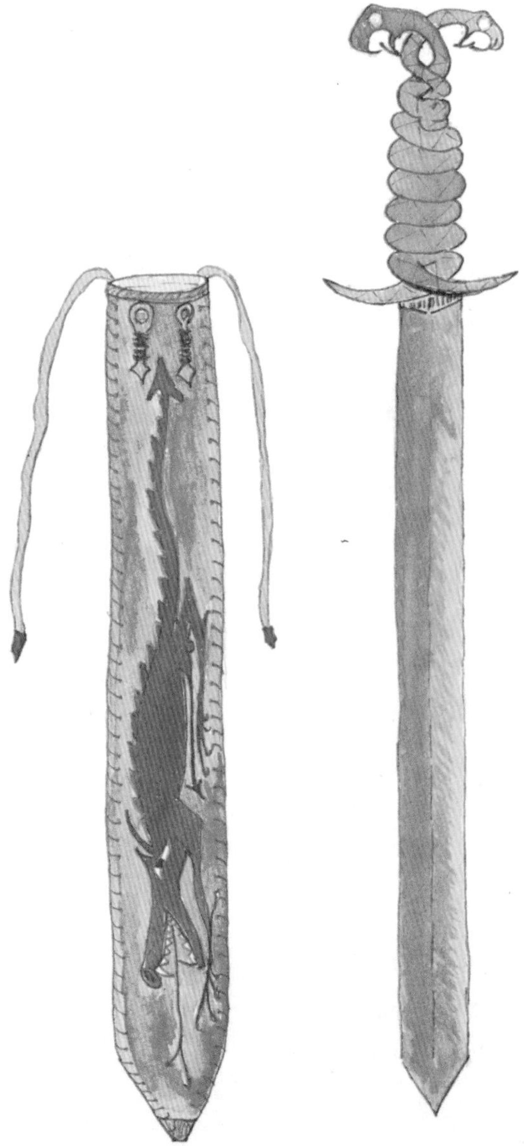

黃金龍子民中最偉大的人用的刀……，上頭有二條蛇纏繞在一起。

母熊掉進黃金龍子民的洞穴之中。深邃的洞穴用樹枝及雜草掩蓋著，洞穴底部還有好幾根前端削尖的棒子。

站在舵前的男子大聲喊道：「是南蠻島！」。

「攻擊！攻擊！看不見也無所謂，攻擊！」布拉尼克喊著。

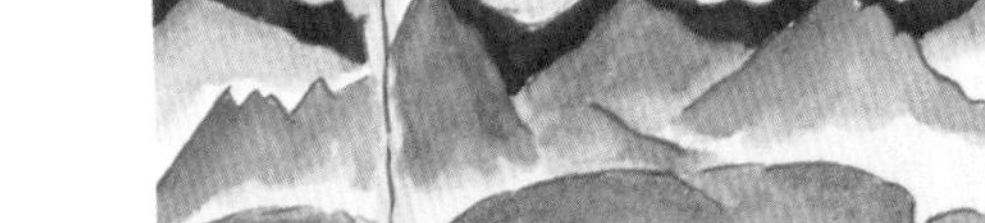

一位薩利亞的年輕男子跑到他身邊。「老師，這樣不行喔。今天不可以一個人過。」
那是一位年輕學生，兩手握著裝有溫熱過並加入香料的紅葡萄酒大酒杯。

陌生的人唷
我們的山
是用我們的手掌雕刻出來的
只要鼓掌！
山就會回應你
啪！啪！啪！
族人是朋友的話
就握手吧！
歡迎！
啪！啪！啪！
山的聲響
和我們一起唱著歌
歡迎！歡迎！
即使不懂這語言
也一起歌唱吧！

在兩百年前，薩利亞就簽訂了三方條約，這個條約是由布拉尼克出生的國家、南蠻島和薩利亞共同簽訂的。

三國必須遵守以下三條約束：

一、南蠻島的海軍不得對其他國家行使武力。

二、黃金龍帝國永遠不得要求南蠻島歸還國土。

三、薩利亞人民共和國同意與南蠻島進行文化的交流。

當飛船殘酷攻擊的消息傳來，薩利亞人民共和國發出了強烈的譴責，他們透過大使，表達了嚴重的國際性抗議。

布拉尼克聽到這個訊息，立刻勃然大怒，拿起書房裡的薩利亞地圖，撕了個粉碎後，立即驅車直奔金蛇隊的總部。

「各位！第二次測試飛行的軍事目標，確定是敵軍的首都魯桑市。這次由我親自指揮飛船。」

布拉尼克環視著自己親手培養的金蛇隊，如此說道。

「多年來對薩利亞人的仇恨，現在是復仇的時刻了，我們要在敵國的心臟上，給予致命的一擊！」

雙手背在後面的布拉尼克，在金蛇隊前面來回地踱步。

總統黑色制服的胸口上，別著一個像荷包蛋大的勳章。又黑、又濃的眉毛下，有著一雙冷冽的藍色眼睛。

「可是，總統先生，薩利亞的首都魯桑市裡，有許多年代悠久的教會、寺廟、博物館、大學等建築物，還有數百棟用巨木所建造的老房子，去破壞這樣的都市，不是太可惜了嗎？」

聽到金蛇隊裡一位年輕少校所提出的疑問，布拉尼克腦中卻浮現了從前學校那位歷史老師的身影。

「哼，無聊透頂的薩利亞歷史課，那個禿驢竟然把我當成沒用笨蛋……」

他在心裡暗自咒罵了一番，隨即帶著一抹冷笑說道：

「你們想想看，殲滅那麼重要的魯桑市，薩利亞人會多麼地悲痛？應該連戰鬥的力氣也沒有了吧！我就是看準了這點。

敵人的歷史，敵人的文化，敵人的藝術，新的黃金龍帝國不需要這些東西。

快點準備，從明天開始進行攻擊！」

薩利亞的首都魯桑市在一片廣闊的肥沃平原上，那座平原就像巨人之王的藍色披風般遼闊，像是濃到不能再濃的綠色寶石般的湖泊，點綴著數條如銀色髮帶般的河川。

魯桑市就像是薩利亞的皇冠，閃閃發光的鐘樓和尖塔，高聳直入雲霄般的矗立在平原的中心。以魯桑市為中心的薩利亞大平原四周，環繞著有層層的高山，就像是圍繞在美麗庭院四周的圍牆一樣，優越的地理位置足以抵抗外來的侵略，因此，魯桑市這個歷史和文化的中心，也從未經歷過戰爭的悲鳴。

魯桑市的天然屏障還有一樣，平日雖是人們開玩笑和發牢騷的源頭，可是戰爭一旦發生，這個老天賞賜的天然屏障便會被另眼相看。

那個天然屏障就是霧，輕柔的、潮濕的、就連陽光也都無法穿透的霧。

由於，魯桑市郊外有著湖泊、沼澤、池塘、河川，以及數百條的運河，春夏之際，四周高山的冷空氣流向充滿暖空氣的潮濕平原，便形成了霧。

因為如此，在這個城市流傳著一句俗諺：

「夏天的魯桑市！」

當面對未知的事物，或是面臨陌生的狀況時，每個人都會這樣說。

拜濃霧之賜，夏天的魯桑市是水鳥的天堂，在街道尚未甦醒的清晨，鴨、雁、鷺鷥、羽白鴨、白鳥、鴛鴦、翠鳥等水鳥們，展開令人印象深刻的大合唱。

過去的確是因為濃霧的關係，人們無法進行獵捕，後來制定魯桑市的地方自治法時，水鳥成了保育鳥類，魯桑市附近也禁止獵捕。

第十七章

在故事開始之前，我想先回到一個成年人的觀點，用大人的詞彙來說說我的感想。

那傢伙和我的內心，大部分是緊密聯繫的。

那場關於那傢伙與獨裁者布拉尼克的夢，即便是在夢醒之後，仍然清清楚楚地留在我的腦海裡。

這本書的故事，全都來自於那場夢。

到目前為止，我把自己所做的夢，以幼童般笨拙的語彙轉換成文字，而那樣的語彙讓我記起了夢的語言。

只是，我在這裡想敘述的場景，並沒有出現在那場夢中。

當我醒著的時候，外在表現所使用的語言機能是成熟的，僅僅只有這一幕是獨立出現的。

這一幕宛若從白日夢裡跳脫出來似的，有別於我以幻想所寫成的其他小說場景。

那種感覺，就好像我在很久之前便受邀到那間餐館裡，讓坐在那裡討論這部小說的人們，徵詢我的意見。

去年冬天，我用斜紋織布縫製了一件打獵用的上衣，袖子和衣領縫上了柔軟的酒紅色毛皮襯墊。

當初，我看到那張毛皮樣本時，著實感受到那直接撼動內心深處之悸動，那顏色正是薩利亞的詩人——薩利休彌所穿的那件披風的顏色。

或許有一秒鐘、還是二秒鐘，我跳脫了現實，回到里歐尼斯的餐館，享用著他烹調的鴨肉料理。

我無法忘懷那道塞滿獨特餡料的鴨肉料理，充滿鼠尾草、百里香抑或是奧勒岡香料的味道，更奇妙的是，還略帶些許薄荷的香氣，令人齒頰留香、回味無窮。

我一邊聽著薩利休彌吹奏著薩克斯風，一邊笑著他那非常誇張的動作和格言。當時，門邊上吊著一支大鹿角，依稀可見那件掛在上面的酒紅色披風……

基於上述總總原因，或許這個章節的篇幅將較為冗長而難以閱讀，但是仍然請你們耐著性子讀下去。

沼澤和濕地之間分布著許多的水渠，里歐尼斯經營的餐館就位於猶如百步蛇般蜿延曲折的渠道旁邊。

這間餐館往市區的方向有一道老舊護堤，有心冒險的人可以沿著這道護堤從市區

走過來，但只限於步行，因為路上堆著大塊的花岡岩，石塊的縫隙間還長了密密麻麻的雜草和灌木。

三百年前，薩利亞遭受最後一次侵略之時，這國家的邊陲角落到首都，廣布著無數道宛如車輪輪幅般的護堤，薩利亞人為了守護自己的國土，以免落入入侵者的手裡，於是將所有的護堤全數破壞。

之後，護堤幾經修復，現在已經成為車來人往的道路使用，而這間首都附近最古老、最高級的餐廳里歐尼斯，是唯一位於堤防裡的建築物。

里歐尼斯的曾祖父以前住在沼澤中，以捕捉水鳥維生，他在這裡建了防波堤和階梯，以及數個用來養鴨的石圍牆，還有供全家人居住的船屋。

他的兒子們則在石圍牆上面設置了尖刺，建造出這座既是家也是堡壘的建築物，也就是後來的里歐尼斯餐廳。

城鎮裡的運河和河川，像網子般縱橫交錯著，不管在哪裡都可以搭船，從城裡運河邊的港口搭乘平底小船就可以到達這家餐館。就算是迷了路，這裡的船長對看似相仿的每條水路也都瞭若指掌，即使霧最濃的時候，他們也不曾迷失過……

一般來說，把走下石頭階梯去搭船的時間也算進去的話，從城鎮中央乘船處抵達這間餐廳，大約要花四十分鐘。

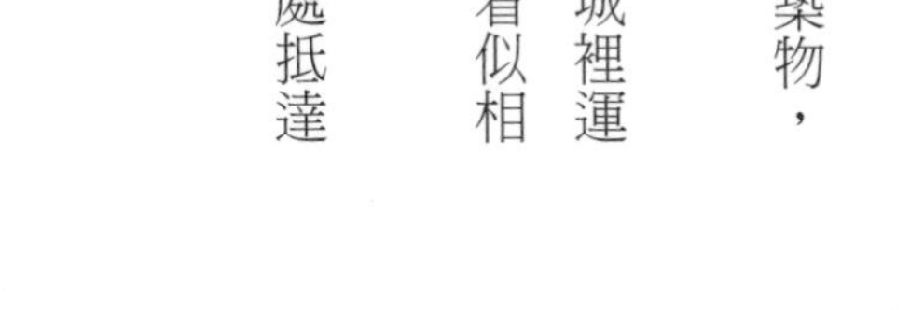

由沼澤、溼地和水路所構成的保護區，就像圍繞著首都四周的廣大領土般，里歐尼斯餐廳就在這區域最寬闊的地方。

其後展開的是此城另一個古老的區域，那是一片極美的土地，全披上了翠綠色和咖啡金色，交錯其間的無數水路所反射的亮光，就像細緻的銀色織物一樣閃耀著光芒。

這片沼澤長滿了蘆葦、茭白筍、菖蒲，池底則長了鮮綠的睡蓮和水芥菜，守護著這裡的住民與這片大地，不僅提供居民所有的生活食糧，還讓魚蝦得以在此生存，實際面積比現在更為廣大。

兩千年前，新來的人開始入侵此地，將土木技術帶了進來，建設了圍牆及運河網，沼澤地和溼地也搖身一變，成了最肥沃的農地。

但是，現在只剩下圍繞著首都的安全帶，而那個地區和居民也變成由政府保護——這是距今兩百年前的事情。

里歐尼斯是唯一獲得許可在這個區域建立家園的家族，因為這家人是沼澤地原住民中最古老的家族。

即使幾經物換星移，到了現在，這一帶仍舊是野生動物的聖地。

在這裡終年棲息的野鴨，和夏天過境的雁鴨，種類高達四十種，其他還有蒼鷺、白鷺、鸛鳥、千鳥、鷸鳥、麻鷺……等，水鳥種類十分繁多，是其他區域無法看到的。

大麻鷺會突然發出可怕的鳴聲，驅趕想在夜間發動偷襲的敵人，而被鳥鳴聲嚇跑的敵人，往往在逃跑的途中，跌落陷入沼澤之中而動彈不得，約半數的敵人就這樣消失不見了。

在求偶和爭奪地盤的時候，這群鳥會像被下了口令一樣，不約而同地鳴叫起來，這種聲音比山裡住民吹響的角笛還要響亮，有時也如同向眾神宣戰時吹響的巨大海螺般穿透雲霄，給人一種超自然的錯覺。

城鎮中也隨處可以看到雁鴨、白鷺等水鳥的蹤影，還經常可見有種紅嘴、黑頭的水鳥，在莊嚴的建築間忙碌地鳴叫飛舞，這是因為運河雖然泥濘遍布，但水仍是清澈無比。

當冬天來臨，沼澤、濕地和水路開始結冰時，鳥兒會聚集到流經城鎮的尼卡拉川急流，由於是急流，即使冬天也不會結冰。

尼卡拉川響著嘩啦、嘩啦的水聲，流過防止河川氾濫和阻擋洪水的巨型花崗岩堤防下方，與無數的水路匯集之後，出海。

在薩利亞，規定只能在秋季和冬季捕捉水鳥，而且禁止使用步槍。

在這裡捕捉水鳥，是使用從前傳下來的投石器、弓、擲標槍器等工具，尤其是擲標

槍器，那是一般認為最適合捕捉水鳥的武器，取得這種執照的人數每年都持續增加。

當然，也可以用網子來進行捕捉。

雖然，在沼澤地撒網是被禁止的，但卻經常使用在種植稻田、酸果蔓的平原，以及廣布在城鎮北部的坡地上。

這些地方日照充足、氣候乾燥，適合種植小麥、燕麥、黑麥和大麥，當鴨雁成群地飛落麥田的時候，取得執照的獵人就會撒下網子。

當時，如果乘著迷彩偽裝的平底小船，使用擲標槍器和捕捉水鳥的標槍，可以捕捉到數不清數量的鴨子，即使是生意興隆的餐廳，也能獲得足夠的供應量。

但是，現在卻只能從別處買來鴨子。

里歐尼斯不只一次抱怨：

「在祖父的時代，人們只捕捉想要的鴨，現在卻捕不到需要的量。」

里歐尼斯買鴨的數量，高達數千隻之多；死去或負傷的鴨被做成肉派，沒有受傷的鴨就把翅膀綁起來，放到沿著餐廳下方和堤防之間所建的水池中，用編得緊密的柳枝柵欄劃分出區域。

這裡的人氣料理之一——魚，也是用同樣的方法暫時飼養著，不論是鰻魚、鯉魚、鯰魚或狗魚等，都是根據客人的點菜，現捉現煮。

當然，鴨料理才是這裡最受歡迎的美食大餐。

「鴨子啊！」

里歐尼斯嫌惡地說：

「我最討厭鴨子這種東西了。」

「為什麼？」

獵人好奇地問。

「既然你這麼說，那麼我以後就不把鴨子賣到這裡。」

「沒錯。我喜歡掐住這些鴨子的脖子，讓牠們停止那該死的嘎嘎叫聲。看看擠在圍柵四周的那幫傢伙，他們是來偷飼料的。除了偷飼料之外，還煽動我養的鳥，那些傢伙可能知道自己是受政府政策保護的，真是豈有此理。」

里歐尼斯飼養的寵物——沼澤水獺，好像理解了主人所說的字句似的，搖晃著身體發出了呻吟聲，還用像男生胳膊一樣長、女生大腿一樣粗的身體爬到窗邊，把前腳放在玻璃窗上，不停擺動著又長、又光滑的尾巴。

「好、好、好，茲奇，要不要也讓你去捉一隻呢？嗯，如果你沒有這麼胖，而且也能潛進水底的話，我就讓你去捉那幫傢伙喔！」

以前沼澤地的人們，把水獺當成狗一樣的飼養，有時也會靠著水獺來捕捉魚或是水鳥。

里歐尼斯的寵物——茲奇，已經上了年紀，鼻翼周圍也有點變灰，而且牠確實是過胖了。茲奇之所以會這麼胖，其中一個原因是在主人沒看見的時候，向各桌的客人討東西吃。

目前在大學四年級主修科學，名叫巴納的學生，帶著某位教授來到了這間餐廳，預備要和另一位歷史系教授在此碰面。

和巴納同行的教授是一位優秀的科學家，也是一位逃亡者，以前，他因為宣揚自由主義思想和目擊某個事件，遭到新黃金龍帝國軍隊的逮捕，接受了兩個月左右的拷問。與他要好的三位科學家受到處刑，包括一位在學校任職的老師，他們被帶到監牢的中庭，鎖在樁上後殺害，教授親眼目睹了這一切。

那是個充滿壓迫感的巨大建築物——「金蛇隊」的總部，隊員們的黑色制服、肩膀和帽子上，一律都別著帶有鐵渣的金色蛇型徽章。

教授的弟弟和他一起被捉進監獄裡，他也是一位科學家，還是前雷斯寧古大學的榜首。教授弟弟扭斷了衛兵的脖子，換上衛兵的制服，把哥哥藏在洗衣公司卡車裡的

髒衣服底下，一起逃亡成功。

教授流亡薩利亞之時，幫他整理山區逃亡裝備的，也是這個弟弟。

那位稱為巴納的學生端著銀製的高腳杯，再以蘋果和野生葡萄釀製而成的金色特級紅酒，將酒杯斟得滿滿的。

「為了塔巴魯教授的幸福，乾杯！還有，希望某天能得到永遠的和平，乾杯！」

這位被稱作塔巴魯教授的紳士，緩緩地舉起杯來，微笑地喝下紅酒。

「老師，如果我有冒犯您的地方，還請您多多包涵。報紙上寫說，您和弟弟一起逃了出來，請問您的弟弟目前情形如何，該不會又被捕了吧？」

教授搖了搖頭。

「沒有，他並沒有被捕，如果將來也不要被捕就好了……」

他的眼神閃過一絲不安，往房間內側走去。

那房間很大，天花板很高，硬木床上放著好幾個坐墊，房間正中央有個鐵和紅磚製成的大暖爐，木柴正劈哩啪啦地燒著，圓錐形的屋頂式排煙天窗是用閃閃發光的黃銅製成，暖爐的煙都從這裡排出去。

學生看著惶惶不安的教授說道：

「老師，您用不著擔心，這裡沒有間諜，也沒有告密者。我們薩利亞人一到法定年齡都必須服兵役，在我們六十歲以前，每年要服一次兵役。當然，軍隊裡也有做到七十歲的人。我們不怕軍隊，因為我們就是軍隊。在這裡，您可以說心裡的話，做自己喜歡做的事情。這裡就是薩利亞。」

教授稍微動了一下手，搖搖頭，繼續喝著紅酒，緩緩說道：

「啊，是應該如此。你說我弟弟嗎？我弟弟現在是游擊隊的戰士，為了殺掉布拉尼克而戰。希望神，保佑我的弟弟。」

學生舉起了高腳杯：

「那麼，為了您的弟弟，還有老師您自己，為了勇敢的兩位，乾杯！」

里歐尼斯終於來到桌前，把寫在羊皮紙上的菜單遞了過來。

他身上圍著皮圍裙，穿著乾燥鴨皮做成的棉襖，用他胖胖的手指在菜單上游移，指著一道道推薦料理。

對教授來說，上面的料理都是前所未見，看起來十分美味且豐盛，正苦惱著要選哪一道才好時，餐廳的大門被大力地推開，早春的冷空氣咻咻地流進了餐廳內。

「里歐尼斯，你這無賴的大胖子！不要讓別人坐在我的桌子上！」

，門口走進一位高大的男子，像發狂的公牛般吼叫著，可是其他的客人沒有一人感到驚慌。幾位客人仍然開心地與幾位男女侍者談天，學生與教授卻被那突如其來的聲音嚇了一跳，不知所措地轉身向後望。

男子穿著襯有羊毛內裡的酒紅色羊皮斗篷，襪子的反摺處露出了藍色裝飾，擦得晶亮的高跟皮靴踩得地板嘎嘎作響，正揮舞著拳頭朝他們走來。

「我說的話，你好像聽不見？你這個不務正業的鴨子強盜，為什麼讓新來的人坐我的桌子呢？」

塔巴魯教授有點難堪，他拉了拉椅子準備站起來，里歐尼斯用他那胖胖的手壓住了他的肩膀。

「沒關係，請你不用擔心，坐著就可以了。」

他一邊說著一邊回頭，以同樣宏亮的聲音朝那位喧鬧的客人斥責回去。

「這裡不是你的桌子，一文不值的詩人老師，這是我的桌子，這個房間的所有桌子都是我的！而且，這位偉大的紳士是……我的客人」

里歐尼斯瞪著紅斗篷的男子，也不管其他客人的鬨堂大笑，揮舞著他健壯的單臂，特別強調了『紳士』這個字眼。

「不要像屁股被咬到的水獺一樣鬼吼鬼叫，我不想再聽到你的抱怨了，成熟點，坐下吧！」

里歐尼斯使勁挽起像普通男生大腿一樣粗的手，用讓瞧這場好戲的客人們都可以聽到的低沉聲音，再度命令著該名男子。

「坐下，混蛋詩人！不然我就扭斷你的脖子，把你那華麗的羽毛給拔乾淨，然後在你的肚子裡塞滿更富有創造力和藝術性的填充物，用烤箱慢慢地烤上一些時間，懂了嗎？」

客人之中響起了讚同的掌聲，不過被威脅的男子只是笑笑地點了點頭，居然抓了把椅子往教授和學生的桌子靠了過來。

「去！你們聽到那胖傢伙說的話了吧！里歐尼斯這傢伙，只是在虛張聲勢罷了。」

塔巴魯教授隔著桌子觀察那名男子，他臉頰上滿是鬍子，接近黑色的深咖啡色鬍子，如荊棘般茂密地布滿整個臉頰。他的頭髮長到肩膀，尾端用銀藍色的絲質髮帶綁了起來，和多數的薩利亞人不同，而且毛茸茸的眉毛裡，藏著一對令人吃驚的、閃閃發光的藍色眼睛。

那名男子脫下了紅色斗篷，臉帶微笑地把它交給了女服務生。

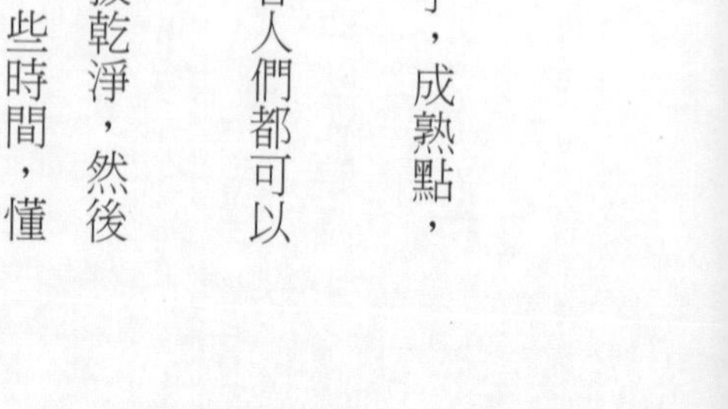

他穿著一件白色亞麻罩衫，和不知道是羊、還是鼴鼠的黑色毛皮製成的衛生衣，短褲的長度只到膝蓋，是用染成黃色的洋蔥皮手工縫製而成。

他腳上穿著皮靴，右腳的靴口插著一把短劍，劍柄是用鹿角製成的，上頭用銀裝飾著，渾身上下和舉手投足都勝過華麗的舞臺劇男演員，但這樣的妝扮卻很適合他。

「那麼，迪豐教授在哪裡？不會掉到河裡去了吧！」

「迪豐教授？」

學生問道。

「沒錯，迪豐。

那個熱中古代遺物的迂腐老教授，喜歡把頭伸到充滿陰氣的遠古濕氣裡，把屁股留在現實清爽空氣裡，走起路來搖搖晃晃的老傢伙，這裡是他最喜歡的餐廳，叫我在這裡等他的，就是迪豐。

不管那個胖子怎麼說，這張都是我的桌子，我一向坐在這張桌子，這是大家都知道的。

總之，已經點好菜了對吧？我快餓死了。」

里歐尼斯再度站到桌子旁邊，教授暗自期待著著里歐尼斯何時抓起這名囉唆男子的脖子，把他扔出去，但里歐尼斯似乎不打算這麼做，他只是做做樣子罷了。

不一會兒，煮得黏糊糊的鴨翅料理立刻上桌了，男子邊自言自語地說著話，邊拿了一隻鴨腿吃了起來。

過沒多久，倒了紅酒的酒杯，遞來到男子的面前，里歐尼斯說：

「這邊的紳士還沒有點菜，都是因為你這難看的舉止……」

「住口！像你這種裝模作樣的低級男子，其實也不懂什麼才是更好的禮儀。」

男子對著教授和學生說道：

「我來介紹一下我自己好了，反正我們都是要一起吃飯，我叫薩里修米—亞隆頓。」

學生巴納聞言，臉上閃著興奮的光輝，站了起來向那名男子鞠躬並說道：

「啊，這真是太棒了！對了，迪豐老師曾說要招待一位令人吃驚的客人，原來說的就是您啊！塔巴魯老師，亞隆頓先生是薩利亞最有名的詩人，也是一位小說家。」

塔巴魯教授起身行了個簡短的點頭禮，薩里修米的眼中有忍不住的笑意跳躍著。

「不只是有名而已，得說是最優秀的才行，笨蛋！」

里歐尼斯不發一語地聽著。

里歐尼斯和薩里修米這互相叫罵的兩個人，其實是好朋友，薩里修米是這間餐廳的常客。

薩里修米向塔巴魯教授回了禮，他握住了教授放在桌上的手，緊緊地握著。

「教授是我國的重要客人，我也要注意禮儀，好好歡迎你才行！歡迎你到本國來，歡迎你的到來！」

這時一名穿著咖啡色斗篷和灰色上衣的嬌小男子，氣喘噓噓地跑了進來，神色看起來相當慌張。

「啊，我來遲了，真對不起！

我本來想在這個可怕的男子出現之前，先來到這裡來的……

我想，他一定已經對你們說了一大堆失禮的話了吧？不管他說了什麼，都請別在意，他只是隨口說說罷了。

教授，十分遺憾地，這個無恥的男子是我的老朋友，他是個詩人，也是一位小說家……」

「閉嘴！迪豐，坐下吧！紅酒，再來一杯紅酒！」

薩里修米和同桌的人都笑了起來，他接著說道：

「他們兩個人都已經認識我了，剛剛我已經請他們到我的桌子來坐了。」

「一開始坐在這張桌子上的，明明就是我。」

塔巴魯溫和地說著。

「去！燕子來的時候，麻雀卻主張說自己是最先來的嗎？」

塔巴魯教授馬上回話說：

「他們是棲息在同一張桌子上的嗎？」

「什麼啊？麻雀也好、燕子也好，甚至是紅雷鳥，都會棲息在比這裡更好的地方吧！這張桌子上根本什麼都沒有，不是嗎？

喂，里歐尼斯，啤酒肚的笨蛋，快把肉餅拿過來！

我還要雁鴨的肝臟肉餅、燻製的鰻魚和燒烤河鰤各一盤，有加蓮藕和新鮮馬鈴薯的那種，不要放野生的洋蔥。對了，再來一盤蒸蝦蟹、一盤蘋果紅酒醬汁蝦。」

其他人根本沒機會開口點自己的菜，薩里修米自顧自地繼續說著：

「先把紅酒和我剛剛說的這些小菜拿過來，主菜我等一下再點。」

迪豐教授縮了縮肩膀，舉起了菜單。

「當然，一定要吃鴨才行。這些鴨原本是野生的，一兩個月前被網子捉到，再被里歐尼斯養胖的。根據不同的鴨，還可以分為四種尺寸。

啊，現在有真鴨啊？這種真鴨可是珍品，對吧！薩里修米。」

「對，那個很不錯。有填充物的那種，一人來一隻。」

薩里修米笑笑地向外國來的教授介紹：

「這種填充物很特別，是蒸過的蛤蠣加入鴨肝、鴨心和鴨胗，再加入蘋果白蘭地和數種香料，最後與從高地上摘的蘑菇、和野生的米一起烹調而成的。

那個香料當然是機密，就連身為他的料理評鑑家及好朋友的我，也無從得知。我只知道填充料做好之後，就全部塞進鴨子的肚子裡縫起來，拿到生好炭火的窯裡去烤。

在炭火上蓋上鐵蓋的話，就變成小火烘烤的烤箱，這樣火候就會恰到好處。」

光用聽的，就知道那是道很棒的料理。

盤子並排在桌子上，冰過的紅酒斟滿了銀製的高腳杯，這時，原本心中滿是困擾的塔巴魯教授，也開始感受到這股融洽的氣氛，徹底敞開心扉和這位詩人交朋友。

這個桌子的人裡，會說流亡教授國家語言的，只有巴納一個人。塔巴魯教授會說薩利亞語卻不太流暢，音調裡仍聽得出他母國語言中特有的、強而有力、喉頭音清晰的鄉音，因此，校長請巴納在教授安頓好之前，給予必要的協助。

但是，巴納正被一股敬畏的氣勢壓住，比起幫助教授，腦裡盡是眼前他最尊敬的詩人。

無論如何，他都想說些話，巴納戰戰兢兢地開口說道：

「亞隆頓先生，我讀了您這次出版的《翡翠之河》，我還反覆地讀了兩遍，相當地感動呢！」

「怎麼說呢？」

「您描寫我國的河川，說明河川的流向，和歷史、文化、生命的演變息息相關，這是我目前為止所讀過最強而有力的作品。」

這時，薩里修米不發一語，巴納繼續說著：

「書裡寫到一個『鬼嚎瀑布』附近發生過的種族對決，這些資料是在哪裡查到的呢？和我們在教科書裡學到的，有點不一樣……」

「那些資料是從我靈魂深處找到的，當然，也有從神話和民間故事裡取材而來。」

歷史教授迪豐開始說道：

「薩里修米，你難道不覺得，早期種族間的戰爭，是造成現在文化差異的重大原因嗎？也就是說，我們和那個……」

流亡教授馬上接著說：

「敵人是吧？我們的祖國現在正在交戰，我在我的國家被蓋上了背叛者的印記。」

這番話讓大家沈默了下來，薩里修米用平穩的聲音打破僵局。

「你不是背叛者，塔巴魯教授，你清楚地說明了國家之間的文化差異。

迪豐，你剛剛的問題的答案，不是『Yes！』。在黃金龍的倫理傳入以前，我們的祖先就住在這個地方了，在我國早期的泛神論宗教裡，那個符號和神，意味著『自然』。」

薩里修米紅著臉揮舞著手勢，紅酒幾乎要灑到地上了。

「想想那些遠古眾神的事情，鸛鳥、像人一樣說話的水瀨，和很久以前因為喝下蛇毒而滅絕的土洛魯（住在洞穴裡的人們），相親相愛地生活著的穴熊、山獅、三指巨鳥鴯……

這種神的符號是真實存在過的，對吧？有許多已經被挖掘出來，可以作為證據的化石，對吧？長毛象也是一樣，山惡魔的冰冷舌頭指的就是冰河，但長毛象是把它推回去的神。

除此之外，還有風、火、森林等無數神明，他們全部都以極自然的姿態，真實地存在過，賦予他們超自然角色的，也許是我們人類，也說不定。不過，黃金龍的入侵者，究竟把什麼當作神的符號呢？」

塔巴魯教授嘆了口氣，悲傷地、長長地嘆了一口氣：

「龍、金色的蛇、背著鳥的巨魚、有著人類的臉的花，還有許多無法想像的可怕東西，比如有八根手指頭、會把嬰兒吃掉的女神……等等，可是就像你說的一樣，就

算使用了這些東西，還是和古代的現實關聯密切對吧？」

「話是這麼說沒錯。」薩里修米說。

「不過，那不是我們的現實。黃金龍的人民跨越海洋，將奇怪的符號帶了進來，那是和翡翠之河的流向相違背的！」

薩里修米邊說邊探出身子，看著塔巴魯教授不安的眼睛。

「可憐的逃亡者朋友，如果你們的文化像許多河川匯流的海潮，又會是什麼樣子？從河川上游下來的紅公魚，在混入鹽水的河口繁殖。相同地，從各種河川來的文化和藝術，在那裡開花結果的話，該是多麼棒的一件事啊！」

紅公魚這種小型的淡水魚，在與海潮交界的河口中繁殖，由於牠們的群聚，使泥沙渾濁的河口，帶有像湯一樣的酒紅色。

「很遺憾的，我國因為布拉尼克的關係，已經變成一個獨裁國家。在獨裁主義的國家裡，美術和文學都會從內部開始崩壞。」

聽到亡命者所說的話，薩里修米點頭表示贊同，再度在兩人的玻璃杯中斟滿了紅酒。

「就像你說的那樣，獨裁確實毀滅了藝術。這個體制驅逐了藝術，藝術就隱藏起來了。國民的心期盼著解放，最後還是要依靠科學家們的夢幻故事。」

「那是什麼意思？你說的那個夢幻故事，指的是什麼？」

塔巴魯教授問道。

「瞧，在高山上有來去無蹤的毛茸茸的雪人，深湖裡還潛藏著奇妙的怪物，在天空裡飛翔的小孩，像船一樣大、發出巨響飛到天上的機械飛船……等等，世界上有很多、很多奇人怪事，對吧？我的天啊！」

詩人把紅酒一飲而盡，一直注視他的塔巴魯教授，緩緩地開口說道：

「我不覺得那些全部是空想，亞隆頓先生。至少，會飛的孩子和飛船，是真的。」

巴納止不住興奮地叫著。

「大學裡大家都在談論，不只是文科、就連理科，大家都在說這些事，布拉尼克製造了會飛的軍艦。」

「會飛的軍艦？」

詩人不可思議地驚呼著。

「太笨了！會飛到空中的只有鳥、風箏、氣球，還有思想這些東西罷了。」

「很遺憾，你錯了。」

塔巴魯教授語氣堅定而清晰地說著。

大家順著那個音調注視著他，教授繼續說著：

「我是科學家，我的弟弟在成為游擊隊隊員之前，也是一位科學家。在最近悄悄地送到我這裡的信中，他寫著親眼見到飛到空中的船，船上搭載著某種兵器。

其實，在布拉尼克掌權以前，我和弟弟曾經親眼看過還在研發中的那個武器，那是個可怕的武器，發射光線就能破壞岩石和金屬的大砲，就像切開柔軟的牛油般輕而易舉。」

迪豐教授尖銳地問著：

「你看到那個武器了？在哪看到的？」

「在學術研討會上，當時弟弟和我都出席了會議，製造出這個武器的就是現在的『科學部』，那些布拉尼克養的狗！我們被捕後雖然曾經特別指出，那可以運用於礦業之上，但我們所有人心裡都明白，這個東西耗費了非常龐大的政府資金。」

頓時，教授沉默了，迪豐則興致勃勃地問著。

「那個武器很大嗎？」

「非常大，而且也很重。」

聽到教授著麼說，薩里修米笑了。

「那麼重的東西是無法越過山頭的，在那個東西可以使用之前，我們就打敗那些

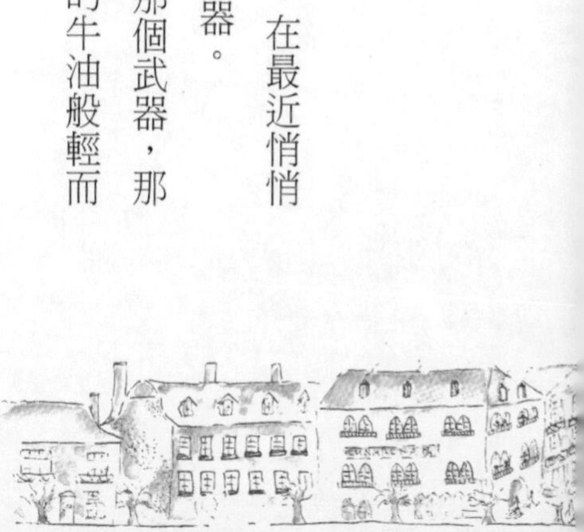

傢伙了。」

塔巴魯教授憂愁地搖了搖頭。

「你無視於我剛剛說的事實嗎？那是可以飛到空中的船和強大的武器，那武器乘著飛船終究會飛到這裡，帶著布拉尼克瘋狂的憎恨，越過山頭，從空中入侵這個國家。」

「嘿，飛到空中的機械裝置？」

薩里修米把高腳杯中的紅酒一飲而盡，對著塔巴魯教授叫囂著：

「飛到空中的大機械？愚蠢至極！那麼，就讓我們好好地問問，有關毀滅的奇怪警告。里歐尼斯，蘋果白蘭地！」

學生睜大了擔心的眼，注視著亡命教授的臉，從他的臉上實在看不出來是在說謊。

「教授，在你弟弟的信中，有沒有說到那個機械的事情呢？」

「那飛船像圓形的盤子一樣的平，中央有個奇妙形狀的圓頂，背的部分有著像鯊魚一樣的鰭，是個閃閃發光的、銅鐵製的巨大物體，船體上還用金色和紅色瓷漆畫著兩條大龍，大約可乘載四十個人。

這艘船是在首都外一個受到嚴密監視的地方製造的，閒雜人等都不准靠近，即使是孩子也都會被殺害。游擊隊擁有兵力，似乎可以進行某些破壞……」

他縮了縮肩，突然想起弟弟的事情，讓他的胸口一陣疼痛。

「弟弟注意到這個裝置時，它已經在進行戰鬥測試了，他說他曾親眼見過這個機械飛到空中的樣子，好像還伴隨著像雷一樣的巨響。」

塔巴魯教授突然閉口不言，沉默了一會兒才說道：

「我弟弟不是一個幻想家，也不是個會說謊的人，更沒有吃了或喝了會產生幻覺的香菇和酒。」

他一邊這麼說，一邊把視線移到亞隆頓身上。

這位大詩人用呻吟般的低沉聲音，充滿疑惑地喃喃自語：

「嗯……那麼，老師，我已經明白這件事了，你和你的弟弟大概也不是會說謊的人。不過，希望您能告訴我，您國家的另一個無聊傳說又是什麼？尤其是國境村落之間議論紛紛的那個飛到空中的少年，又是怎麼一回事呢？」

薩里修米兩手一拍，擺出了滑稽的表情。

教授低頭看著自己的盤子，不發一語。這時，學生感覺到場面有點緊張，便開口說話緩和氣氛。

「亞隆頓先生，您不是知道北邊的山裡有宇宙隱者的故事嗎？相信這些事情，且掌握證據的人，也是有的。我也曾經看過描繪古代神話的畫作，那些人幾乎全裸、有

著長長的頭髮和爪子，確實曾經存在於宇宙間的。」

「這個我好像也有聽過，空中浮場的故事，對吧！不過這個不一樣，這個男孩據說是像鳥一樣在空中飛翔。」

薩里修米拍著手，大聲地笑著。

塔巴魯教授抬起頭來，雙眼直視著薩里修米。就肉體上來說，塔巴魯教授雖然不是個強者，但他的精神可是非常勇敢的。

塔巴魯教授以平靜、溫和的語氣說：

「亞隆頓先生，我親眼看過那個少年，只用視線便將岩石粉碎。我也曾經在軍事管理局的中庭看過，當時還是陸軍上尉的布拉尼克，只是被少年的視線掃過，便倒在地上的事情。當然，我也曾經看到少年飛到空中逃走的事情，不只是我看過，其他的人也都看到了，我可以用我的名譽來發誓。」

薩里修米—亞隆頓，因為覺得非常荒謬好笑，用拳頭捶著厚重的桌子，還拍手笑到眼淚都流了出來，其他客人都忍不住回頭看他。

外頭瀰漫著濃霧。

早晨的水路上有薄薄的霧，但現在它越來越濃了，如果不是十分熟練的船長，應該無法出船到城鎮上了吧！

野鴨群聚到里歐尼斯餐廳的大窗戶前，好像是為了逃避周圍的昏暗和尋求庇護而來，這時突然響起了吵鬧的振翅聲，鴨群啪的一聲飛到了空中。

喧鬧的聲音、叫聲、嘎吱嘎吱的振翅聲，讓原本被薩里修米滑稽行為吸引的所有客人們，紛紛都轉頭往外看。

不只是聚集餐廳前的鴨群，所有棲息在沼澤地的雁鴨們，不約而同地都揚起了聲響。

這時，有種別的、更不吉利的聲音，凌駕了鳥兒們的喧鬧聲，從瀰漫著霧的河岸上，遠遠地靠了過來。

那是一連串低沉的震動聲響，像是在夏日山頭中響起的雷鳴，不斷地轟隆轟隆作響，餐廳的柱子也因為那個聲響，開始搖晃了起來。

當然，沒有人注意到薩里修米—亞隆頓已經停止了笑聲。

第十八章

布拉尼克所率領的飛船，在隔天傍晚發動了攻擊。

魯桑市的街道被濃霧包圍著，從空中俯瞰，就像一個裝滿湯或粥的碗。

「攻擊！攻擊！看不見也無所謂，攻擊！」

布拉尼克激動地大聲喊著。

隊長拉了射擊的操縱桿，但一點用處也沒有，雷射光雖然是一種強光，一旦接觸到霧以後，卻凌亂地散去了。

那天不只是濃霧，厚厚的烏雲也使飛船的尾巴直往山頂下沉。

飛行時，如果看不見山的銳利牙齒，是非常危險的事，那天的飛船就像一隻眼睛看不見的老鷹。

布拉尼克並沒有讓飛船的組員們看出內心的恐懼，但在回程途中，那股不知道飛船是不是會墜落在黑色烏雲之中的恐懼，確實讓布拉尼克內心七上八下。

從春天到夏天，飛船不斷重複地攻擊魯桑市，不過，這個首都卻毫髮無傷。

雖然邊境附近的小城市接連被燒毀，魯桑市卻存活了下來，薩利亞人深深地相信，是上天保護了自己的首都。

布拉尼克知道如果魯桑沒事，薩利亞人一定會對自己展開報復行動，因此，邊境附近的攻擊一直持續著。

每當從遠方傳來飛船的引擎聲，人們就會逃到森林或是山裡，等待飛船的破壞結束之後，人們再從藏身之地出來，重複地進行滅火、處理受傷的人、埋葬死人和重建家園的工作。

在布拉尼克的堅持之下，幾乎每天都持續地攻擊薩利亞，不過，薩利亞的國民都受過良好的自衛訓練，即使房屋被燒毀，多數薩利亞人都活了下來，攻擊並沒有達到預期的效果，而濃霧更是嚴重阻礙了攻擊魯桑市的計畫，讓布拉尼克漸漸地不耐煩了起來。

由於布拉尼克獨裁地亂用飛船和雷射炮，國內的能源廳也開始出現批評的聲浪。

「總統，這樣下去的話，戰力資源會越來越少。飛船也還處於測試階段，如果沒有計畫性地大量使用，資源會迅速消耗，將會影響到生產。」

「嗯……」

於是，布拉尼克召開了「金蛇隊戰爭評議會」，下達暫時停止攻擊薩利亞的命令。魯桑市如釋重負。

之所以這麼說，因為魯桑市春夏和秋冬氣候完全是對比的，從秋天中旬開始到冬天，魯桑的霧會奇蹟般地消失，充分享受晴朗的冬日已是魯桑市民的樂趣之一。如果攻擊一直持續到秋天，魯桑應該不用多久就會滅亡了。

但是，布拉尼克卻盤算著更可怕的計畫。

一個星期後，布拉尼克再次召集金蛇隊舉行評議會。

「十二月二十三日的冬至祭典時，應該會有非常多的薩利亞人聚集到魯桑市，到那天為止的四個月內，我們不發動任何空中攻擊。

我要讓那些薩利亞人在冬至祭典那天，見識到前所未見的強大篝火，不管有沒有霧都沒關係，我們會讓那些傢伙體會到真正的龍的怒氣！」

金蛇隊的將校們不由得面面相覷。

對薩利亞人來說，冬至祭典是一年中最重要的節日，魯桑市的街道上和公園裡，一整天都升著火，人們一邊跳舞、一邊唱歌，在戶外烤肉、享受豐盛料理，喝著溫熱的紅葡萄酒和蘋果酒、吃著可口的蛋糕，好像太陽永遠都不會消失在冬日的山頭般，舉行著盛大的派對。

——如果在那天進行攻擊的話……

評議會結束之後，布拉尼克把科學大臣叫進了辦公室。

「大臣，真是好久不見了。把那邊的窗子關一下，請坐。」

科學大臣非常討厭這裡，本來他指望在飛船飛行測試之後，可以自己單獨使用一次，卻因為布拉尼克獨裁地對薩利亞進行攻擊，這個心願一直無法實現。

他向軟禁的孩子問了好幾次洞窟的所在地，總是得到「不知道」這種千篇一律的答案，而且始終找不到解決的好辦法。

儘管大臣心裡非常反感，表面上仍盡力顯得平靜、有禮的樣子。

布拉尼克注視了大臣一會兒後，試探性地說道：

「最近，好像都沒有看到你發表任何看法，工作進行得順利嗎？聽說，這陣子有名男孩住在你那裡……」

「是的，布拉尼克總統，那是我的外甥。」

「嗯，這樣就好。好好照顧年輕人是對的，不過，可不要讓他變成你工作上的阻礙。」

布拉尼克像寒冰般冷酷的聲音中，充滿對大臣行為的疑慮，雙眼還一直注視著滿臉不知所措的大臣。

「總而言之，改天歡迎你帶那位男孩來玩。此外，我今天想問你一件事情，如果

飛船墜落會變成什麼樣子？」
「飛船墜落？這怎麼可能！飛船絕對不會墜落或是……。」
「所以，我只是問問，如果墜落的話會怎麼樣，請你回答我！」
大臣想了一會兒。
「應該會發生大爆炸吧！而且，那將會是這個世界上從未有過的大爆炸，應該就像太陽朝著地球生下孩子那樣，非常可怕的爆炸。」
布拉尼克聽到後，暗自竊笑著。
「原來如此！跟我想的一樣，飛船上有原子引擎，你說那個原子能量會產生大爆炸，對吧？
即然可能因為某種事故而發生爆炸，不就可以故意引發爆炸了嗎？如果故意讓原子引擎從高處落下的話……」
大臣瞬間刷白了臉，那麼可怕的事情，大臣當然連想都沒想過。
「原子彈！」
科學大臣小聲嘟囔著，卻聽見總統興致高昂地說道：
「沒錯，沒錯，就是原子彈，我們要在魯桑市丟下一顆原子彈！事實上，我就是想叫你做這件事，才把你叫到這裡來，懂了吧？一定要趕得上冬至祭典……」

「可是，總統……」

布拉尼克沉默地站在窗邊，眺望著金蛇隊總部的中庭，中庭的角落垂吊著一把鎖，和與人的背部一樣粗的四角形柱子。

「你知道那根柱子為什麼存在嗎？每天早上六點，那根柱子都會完成一個大任務，你要不要哪天早起過來看一看呢？」

布拉尼克冷冷地看著大臣。

「去吧！在冬至之前，把原子彈給我做好！」

大臣的心中暗忖——

這個國家裡能做出原子彈的，只有一個人，那個人就是我，在完成這個可怕的工作之前，我的生命起碼都是安全的。

第十九章

「哇，你還在讀書啊？我想你應該知道那是本很難理解的書，對吧？」

一陣洪亮的聲音在寂靜的書房裡響起，那傢伙放下厚厚的物理學，抬起頭來微笑著。

「嗯，雖然很難，不過好像漸漸能看懂了。」

一頭白髮的男僕馬拉克，正站在書房的入口。

「飯已經準備好了，請趕快過來用餐。」

「好。」

那傢伙把書闔上，放回原來的地方。

那傢伙的腦子裡滿是讀書及煩惱，但是當梅亞麗做的起司洋蔥派的香味從走廊那端傳來時，他的肚子還是忍不住咕嚕咕嚕地響了起來。

——等一下再讀好了，現在肚子好餓……

秋天已經過去了，外面是冷到結冰的冬天，但家裡有暖爐和暖氣，所以十分舒服

溫暖。

那傢伙一直被科學大臣軟禁在家裡，不過，最近大臣幾乎都沒回家，那傢伙總是和廚師梅亞麗和男僕馬拉克，一同在廚房裡用餐。大臣最近忙到無法回家的原因，只有布拉尼克總統、大臣和那傢伙知道。

為什麼那傢伙會知道呢？因為他可以看到在大臣眼底生成的妖怪。當他在大臣眼底看到那個狠毒的武器時，曾經想過要逃走，可是當他知道那個武器能夠在一瞬間消滅大量的人類和動物時，便無法置身度外地自顧地逃走。

那傢伙告訴自己：

「一定要做些什麼才行……」

到底該怎麼做呢？首先，一定得把它的真面目查清楚。

為了弄清楚妖怪的真面目，那傢伙每天都在大臣的書房裡學習物理學。

雖然十分辛苦，不過，在那傢伙孜孜不倦的苦讀之下，也逐漸學會了。

其實，他真的很想飛到某個地方，只有動物們的世界，因為動物們絕對不會想出那樣可怕的武器。這時，少年的眼中閃過了心臟山的熊媽媽、熊爺爺和熊弟弟的身影。

如果只想到自己，逃走是很簡單的，可是那傢伙卻沒辦法逃走。

「請把牛奶喝了。為什麼在發呆呢？」馬拉克說道。

在充滿鄉村風格石壁的廚房裡，白松木的餐桌上放著起司、洋蔥派、牛奶、奶油、藍莓水果塔、烤好的麵包，還有連皮一起煮的新鮮馬鈴薯；在兩位大人前面，還有放在井裡冷卻後裝入咖啡色陶器的蘋果酒。

梅亞麗看著那傢伙的臉，發現這孩子的臉比剛到這個家的時候蒼白許多，這讓梅亞麗的心裡隱約有些難受，就好像是自己在廚藝料理上的自尊受到了傷害。

「一直讀書，對小孩子來說，絕對是不好的。主人也說過很多次了，請你到外面去玩，我會做很多好吃的派和蛋糕給你吃喔！」

馬拉克向她打著暗號，大臣曾經嚴厲地下過命令，視線絕對不能離開這孩子，更不可以讓他離開家裡一步。

梅亞麗的臉，因為不悅而稍微脹紅了，恨恨地開始吃起派，一個勁地嚼了起來，然後咕嚕、咕嚕地喝下一整杯蘋果酒。

她注視著馬拉克說道：

「或許我只是個平凡的女性，或只有誠實這個優點的笨女人，國家的秘密也好、政治也罷，那些事情我根本不懂。但是，我知道讓男孩子一步也不能踏出家門，是一件很過分的事情。

這個孩子真的好可憐，男孩子去爬樹、追著蝴蝶跑、到河或池裡抓小魚等，都是理所當然的。

馬拉克先生，也許你覺得無所謂，但我無法忍受那些總是到處亂竄、大搖大擺的金蛇隊機車兵們。他們把自己當成什麼，國王嗎？把吃飯視為理所當然，盤子就這樣放在外頭……

如果不想點辦法，我就不幹了！這個家已經不像一個家了，想當初，主人對那個布拉尼克……」

馬拉克怒視著梅亞麗。

「梅亞麗，夠了！說那些話是很危險的。」

梅亞麗於是沉默了，馬拉克站起來，順手把那傢伙的頭髮揉得亂糟糟地說道：

「禮拜日我會去釣魚，我會試著問問主人，是否可以帶你一起去。梅亞麗，你煮的東西很好吃，謝謝妳的招待。」

馬拉克微微笑著，回去做自己的工作。

脹紅著臉的梅亞麗也站起來，把髒碗盤拿到洗碗槽用熱水沖了起來。

——梅亞麗小姐的屁股，比熊媽媽的屁股還要大啊！

那傢伙一邊吃著藍莓水果塔，一邊這樣想著，他想起了心臟山的熊媽媽，不過馬上就因為腦子裡的妄想而感到害羞，匆匆地把點心吃完。

那傢伙把自己的餐具送了過去，拿了擦盤子的毛巾，開始幫起梅亞麗的忙。

「你真是一個好孩子，在這樣的家裡不要待太久比較好。主人的母親以前還活著的時候，還很好的……

你沒有其他地方可以去，對吧？不然，就到我家來吧！

雖然空間很狹窄，不過孩子們長大了之後，一定會離開到別的地方去，家裡只有我先生跟我，還有三隻貓、一隻狗、一頭牛和二十隻雞。

如果是像你這樣的好孩子，我隨時都歡迎，我也一定會讓他去學校上學。而且每天都會做好吃的東西給他吃。」

不知道為什麼，那傢伙突然悲從中來，他把臉埋進梅亞麗的圍裙裡，放聲哭了起來。

「哭吧，沒關係的！男生不可以哭是騙人的，就盡情地哭吧！」

梅亞麗用她肥嘟嘟的手臂環抱著那傢伙，還用那紅咚咚的手撫摸著那傢伙的頭。

這三個月以來，大臣的時間幾乎被原子彈的發展所占據，可是那個祕密洞窟總在他的腦中縈繞不去，偶而在深夜的時候回家去，也一定會把那傢伙叫醒，問著同樣的問題：

「那個洞窟……有著短刀的那個洞窟，到底在什麼地方呢？你倒是告訴我呀！那附近的景色是怎麼樣的？只要是你想得起來，任何事都可以，試著說看看！」

雖然大臣試過各種方法，想從那傢伙身上問出什麼端倪，那傢伙卻總是顧左右而言他。

每次都會惹得大臣生氣，但是不知道為什麼，只要看到那傢伙清澈無辜的雙眼，不悅的情緒就會消失得無影無蹤。

那傢伙的雙眼，就像平靜的春雨一樣。

某天，那傢伙坐上大臣的車，前往市內綜合醫院。

原子彈的藍圖終於完成了，上車之前，大臣把它放進自己的公事包，小心翼翼地隨身攜帶，因為明天開始要進行原子彈的製作了。

上了車，大臣關心的重點，又回到洞窟裡的短刀上。

——如果讓這個孩子注射測謊藥，他一定會說出洞窟的事，這樣黃金龍子民的長刀和短刀就可以到手了，搞不好還可以發現其他寶物。

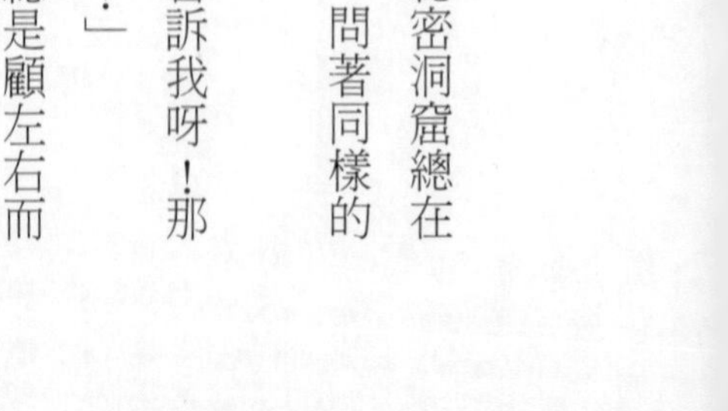

如果一切順利的話，我就會變成世界上最有錢的富翁。只要有錢的話，什麼事都辦得到了。

大臣這樣、那樣地暗自盤算著。

但是，大臣的夢想卻在革命者的砲彈聲中，一夕之間蕩然無存。

這是在大臣從家裡到醫院的路上所發生的事情。

在兩側的山上，大砲、機關槍和手槍的歇斯底里大合唱，好像一萬隻發瘋的烏鴉呻吟聲一樣響。

寂靜蜿蜒的田間小路，一瞬間被火藥的味道籠罩著，數以百計的鉛塊貫穿了大臣的車和大臣的身體。

大臣車子的車窗玻璃上，出現了無數個令人毛骨聳然的痕跡，就好像瘋狂的蜘蛛舞蹈所留下的割痕一樣。

在那地獄般的樂曲中，大臣的身體因為痙攣，好像傀儡戲偶一樣地，持續微顫了好幾秒鐘。

「好可怕！好可怕！」

那傢伙趴在那輛可怕的車子裡，無意識地叫喊著，周圍充斥著革命者發射子彈的嘶吼。

那傢伙就這樣躲了一陣子，大臣、司機和六個機車警衛兵，所有人都死了。

這樣強烈的聲音和武力，讓那傢伙首次嘗到了恐怖的滋味，還經歷了不可思議的現象。

其實，就連那傢伙也沒有注意到，自己身體周圍突然產生了眼睛看不見的薄膜，這是前所未有的經驗。

沒錯，因為這個驚嚇，那傢伙的超能力開始自動防禦，身體四周產生了像是透明貝殼般的磁場，這層子彈無法穿透的薄膜，保護了那傢伙的身體。

那傢伙原本以為是因為自己身體瘦小，才能躲過子彈的攻擊，因為遭受攻擊的時候，那傢伙一直閉著眼睛、摀著耳朵尖叫著。

當時，氣絕身亡的大臣，靈魂從身體裡飄了出來。

「哪裡……、哪裡……、哪裡……」

大臣用像小嬰兒般的哭聲，一直問那傢伙要到哪裡去才好。「乘著風到遠方去就可以了，那裡一定會有什麼的……」

那傢伙小聲地回應著。

「哪裡……、哪裡……、哪裡……」

大臣的靈魂，消失在風裡。

第二十章

手上持有武器的男子們出現了，一共十幾個人，分別拿著步槍、機關槍、手槍、手榴彈等武器，他們逐步接近大臣的車子，並把滿是彈痕的車子團團圍住。

「注意！只要有任何東西在動，立刻攻擊！」

滿臉鬍子的男子打開車門檢視裡面的情況，他將大臣的屍體拉了出來，接下來打算把俯伏在地上的孩子拉出來時，男子的手卻燒傷了。

「好痛，這個混蛋！這小傢伙身上有電還是什麼的，搞不好他還活著，把手榴彈借我！」

黑鬍子的領隊卻出聲制止。

「等一下！等一下再攻擊！」

這一次，領隊對著車子裡喊道。

「喂，如果還活著的話，就像個大人給我滾出來！」

男子們手上拿著武器等待著。

「……只是個小孩子，搞什麼嘛！」

那傢伙從車子裡戰戰兢兢地走了出來，背靠著車體，看著表情可怕的男子們。

一大群游擊隊員的憤怒，反射在那傢伙身上所殘留的微弱薄膜上，在車子的黑色烤漆上燒出了像水泡般一粒粒的痕跡。

「這小子，不就是那時被我們抓到的那個小子嗎？喂，是你沒錯吧！」

黑鬍子的領隊盯著那傢伙的臉說道。

之前，那傢伙被革命黨員帶到醫生家地下關起來時，他正是當時其中一名。

那傢伙注視著游擊隊隊員們嚴厲的臉，自然地讀出了他們的心聲。

等他們冷靜下來後，那傢伙說道：

「叔叔你們錯了，我沒有對任何人說過醫生家地下室的事情。

我不是叛徒，我是被金蛇隊的可怕叔叔抓走的，之後就一直被軟禁在科學大臣家裡。

破壞了醫生家裡的門，我覺得很抱歉，可是，我真的很討厭那個地方，才破壞了門逃走的。」

那傢伙先回答了游擊隊員們打算問他的問題，剛剛的懼怕也已經消失了。

聽到那傢伙的辯解，黑鬍子的游擊隊領隊說道：

「這傢伙是個戴著惡魔面具的鬼！」

領隊扣緊了板機，說了聲：

「去死吧！」

當人類抱持著憤怒和怨恨時，那傢伙當然也能窺視出他的心，他平靜地說道：

「我不怕死。不過，叔叔你錯了，你有著錯誤的怨恨，我也知道你為什麼會抱持這樣的怨恨。」

領隊大吃一驚，滿是疑惑地看著那傢伙的眼睛——那是雙溫和且溫柔的眼睛，連領隊內心的最深處都看得一清二楚。

弟弟拿著自己買給他的空氣槍玩耍時，被金蛇隊的砲彈打死了，這件事情在領隊的心底留下了很深的傷痕，所以他想殺了所有和金蛇隊有關的人。

這時，領隊馬上回過神來，大喊：

「閉嘴！閉嘴！你這噁心的魔鬼！」

黑鬍子領隊手上的槍，瞄準了那傢伙的額頭，距離大約只有五十公分。

那槍口就像黑色的小眼睛，那傢伙看著它時，心裡浮現了很多想法。

——所謂子彈這種東西，不過是鉛和銅凝固而成的，一點都不可怕，可怕的是那個發射子彈的能量。這個男子也不可怕，可怕的是驅使他的憎恨和憤怒，憎恨也好、

憤怒也好、愛也好，只要是感情，都具有強大的能量。

當黑色的小眼睛開始震動，游擊隊領隊的額頭開始冒出了汗珠，一名叫做雷尼克的男子，從後面擠了過來。

「住手！」

動作敏捷的雷尼克，已經擋在那傢伙的前面。

「等等，別攻擊！不要攻擊那個孩子，那個聲音，就是那個孩子的聲音啊！」

雷尼克以一種不可置信的表情看著那傢伙。

「就是你吧！我的腳染上壞疽的時候，是你救了我的命……」

那傢伙點了點頭。

雷尼克單手拿著步槍，用另一隻手將腰帶上的短刀拔了出來，然後唰地一聲把自己的褲子割開來。

「你們看，我這隻腳，幾乎沒有受傷的痕跡留下來。」

雷尼克喚著旁邊的年輕男子。

「提比諾斯，你那天晚上也在對吧？我當時被達姆彈攻擊，沒錯吧？我當時已經不行了，所以叫你先逃走，對吧？你說說話啊，提比諾斯！」

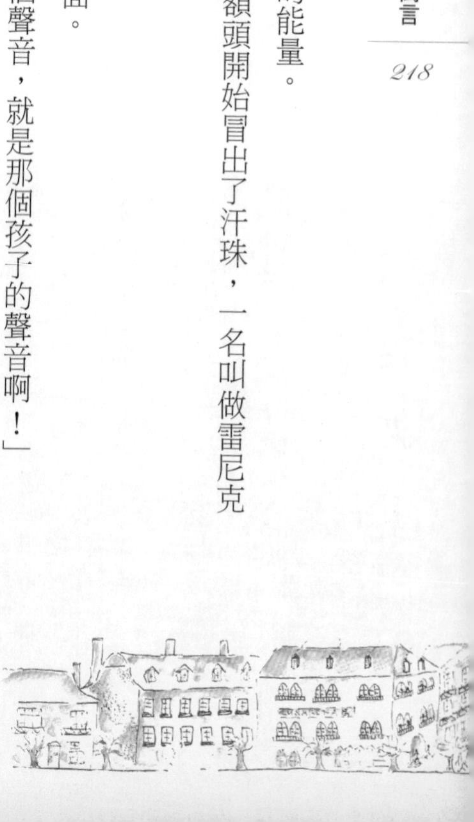

提比諾斯於是開口回答：

「是真的。那天晚上雷尼克確實被攻擊了，大腿的肉和骨頭都嚴重粉碎，當時我也認為他應該是活不成了。」

「就是那樣。當時，這隻腳感染了壞疽，曾癢到讓人無法忍受，金蛇隊監獄裡那些奸詐狡猾的傢伙們，曾經說過『如果你不好好處理的話，就撐不到死刑執行的日子了。』這種玩笑話。

不過，我從金蛇隊的手中逃了出來，腳也醫好了，現在好好地站在這裡。你知道這是為什麼嗎？這一切都是那個孩子的力量啊！」

「雷尼克，你瘋了嗎？」

黑鬍子的男子憤憤地說。

「我沒有瘋！就像隊長說過的，這孩子不是普通的孩子。他偷走了金蛇隊軍曹的身體，也給了我自由，還治好了我壞疽的腳，如果你要攻擊這個孩子，就先殺了我吧！」

兩位革命黨員用槍指著彼此，注視著對方的一舉一動。

「住手！你們兩個。」

在旁邊觀看的另一名革命黨員，再也忍不住地跳了出來。

「隊長好像說過，這孩子可以飛到天空中。」

「隊長已經死了，這孩子跟他無關！」

領隊生氣地說著，跳出來的男子馬上回話：

「是死了！可是，隊長是個堂堂正正的男子漢。雖然沒有人相信這孩子會飛，但他在臨死之前還強調了很多次，如果這孩子現在飛給我們看，你就相信雷尼克的奇蹟，如何？可以嗎？兩位，這樣行嗎？」

在這一年之間，對於自己的飛行能力，那傢伙反覆地想了很多。

起初他以為大家都能飛，但在他讀了書、和鳥類交談過後，才發現原來其他人並不會飛。

那傢伙的心裡，還是感到非常疑惑。

——為什麼別人不會飛呢？

除此之外，他還注意到自已飛翔方式，和鳥類或昆蟲的有些不同，最大的差異在於——沒有翅膀那種東西。

不過，那傢伙和鳥類、昆蟲一樣，看得見風。

——我是靠著那種想要乘風的能量而飛的，只要想乘著風，我就能飛！

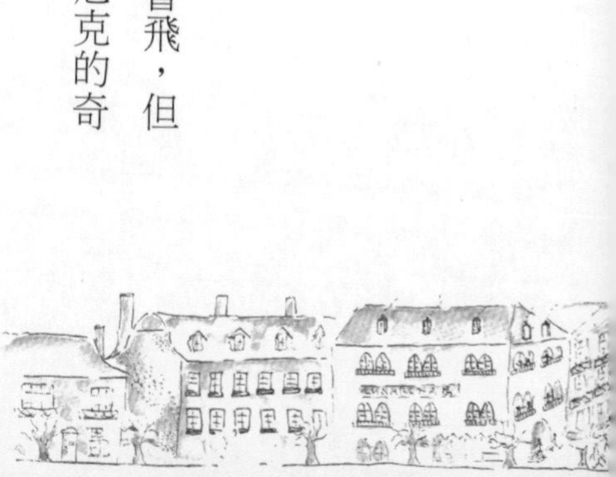

沒錯，就是這樣！

那種想要乘著風的能量，使那傢伙比一般人都強，其他人只能在夢中飛翔，他卻可以真的擺動身體飛翔。

這時，他終於弄懂了。

——如果現在飛不起來，我就會被殺死，連這個雷尼克叔叔也是，這樣實在太可憐了……

「我現在就飛，鬍子伯伯。如果我能飛，你就會相信我嗎？」

黑鬍子的領隊拿著槍，不發一語。

那裡的田間道路是沿著山谷間開闢的，兩側森林流動著涼爽的風，那傢伙看見了那陣風的流動。

那傢伙啪噠、啪噠地揮動雙臂，飛到了革命黨員的頭上，乘著山谷間的風，飛到森林頂端。革命黨們驚訝地說不出話來，那傢伙飛回來後，黑鬍子的男子立刻丟下武器，跪在地上不發一語。

雷尼克興奮地說：

「我剛剛說的，和死去隊長所說的，你們現在終於相信了吧？剛剛那可不是錯

覺。」

黑鬍子領隊還想說些什麼，卻發不出聲音來。

實際上，他內心很懷疑眼睛所看見的，但是事實擺在眼前，這雙眼睛剛剛確確實實看見那孩子在飛，顯然已經沒有可被懷疑的餘地。

雷尼克提高音調，以哽咽般的語氣說道：

「這不是眼睛的錯覺，這孩子是神的使者，是來幫助我們的，你們難道還不了解嗎！」

「……」

一陣靜默之後，領隊下定決心似的走到孩子面前，跪著說道：

「請原諒我，請幫助我們，拜託你了。」

那傢伙感到非常困擾，不知道該說些什麼才好。不管如何，那傢伙終究只是個孩子，無法確切地表達自己的心情。

「可是，叔叔們做的都是壞事，不是嗎？殺人、破壞車子……」

——到底是為了平息戰爭而殺人？還是為了和平而戰爭？

那傢伙實在無法理解這種矛盾的想法，唯一可以確定的是，飛船絕對不能存在於這個世界上，一定要阻止這次攻擊魯桑市的計畫。

這時，突然聽到了大卡車的引擎聲。

「金蛇隊來了！快，拿著大臣的包包和士兵的武器，快點逃！」

游擊隊的領隊邊喊邊指揮著大家離開。

革命黨員像偽裝的狼一樣紛紛逃走，那傢伙也跟著游擊隊逃進了森林裡。

如果是以前，那傢伙非得要大人帶著走不可，但他現在卻像羚羊一樣，跨過草、跨過石頭、跨過小溪、跨過倒下的樹枝……，精力充沛地往前奔跑。

為什麼要和革命家們一起逃？說真的，就連那傢伙自己也不清楚。

不過，那傢伙的命運，確實和這場革命緊密相連——那傢伙為了革命而決定參戰。

第二十一章

那天晚上，下起了白雪。

金蛇隊派出偵查犬去追蹤他們，但他們留下來的足跡和味道，全都消失在雪裡。

狗兒們的長嘯聲逐漸遠去，森林像蓋著一件白色的毛毯，四周一片寂靜，連一點聲音都沒有。

那天晚上他們在洞窟裡過夜。

這裡和心臟山深處的溫暖洞窟不同，沒有食物、沒有火，大家肩靠著肩躲在洞窟裡。

在黑暗之中，只有停棲在喬木上的貓頭鷹在叫著。

咕……咕……咕……

游擊隊領隊以手電筒發出的微弱光芒，粗魯地在科學大臣的包包裡翻找著，同時嘀嘀咕咕地說：

「真不懂，最近飛船都沒有飛了，是故障了嗎？這是什麼？好像是機械的設計圖，上面好像還有公式，這到底是什麼機械呢？」

「飛船並沒有故障，叔叔你現在在看的，是一種新武器的藍圖。大臣在死之前，所有的心力都投注在這種武器的開發上。」

「新武器？」

「沒錯，那是強大得令人不敢相信的炸彈，投下它可以破壞一整個大城鎮，是很可怕的東西。」

擠在狹窄洞窟裡的男子們，在黑暗中面面相覷。

「不過，那個武器還沒有做出來，目前還在研發階段，才剛剛要開始製造。雖然有點可憐，但我想大臣是因為製造了這麼殘忍的武器，才會慘遭報應而被殺害的。」

那傢伙說出了他心裡的想法。

「可是，即使沒有炸彈，布拉尼克還是打算攻擊魯桑市，就在這次的冬至……」

一聽到冬至，游擊隊領隊的心噗通、噗通地跳著。

冬至，是魯桑市一年裡最重要、最盛大的祭典！

「因為，冬天應該不會有干擾雷射砲的霧。」

那傢伙接著補充說道。

「你為什麼連這種事情也知道？」

雷尼克忍不住發問了。

「這些事情，全都寫在大臣的眼睛裡。」

領隊一邊晃著頭，一邊說道：

「這也就是說，人們心裡所想的事情，你都知道囉？」

「嗯，當人們憤怒或害怕時，心會變得更容易讀出來。大臣總是提心吊膽地過日子。」

領隊雙手抱著自己的頭，感到十分懊惱。

——為了暗殺科學大臣，我們一直四處埋伏，以為可以知道一些有關飛船故障的事情，才偷了這份重要文件。我們游擊隊之外的其他革命團體，還襲擊了大臣的家，把書房裡的金庫爆破了，偷走了裡面的文件。

不過，如果這個孩子的情報正確，所有的革命計畫全都白費心機了。

如果魯桑市被擊破，薩利亞就會滅亡，金蛇隊將攻占薩利亞，而設在魯桑市的中央秘密基地也會被發現……

完了，沒時間了，距離攻擊只剩五天了。即使是夏天，越過山頭到魯桑也要花一個禮拜，更不要說是現在這種季節了。

「一定要儘早讓魯桑市的人知道才行。」

雷尼克說道，黑鬍子的領隊痛苦地回答說：

「沒辦法！冬天的山路窒礙難行，而距離冬至只剩下五天了。」

「那麼該怎麼辦才好呢？」

「我們可以在飛船上裝置爆裂物……」

聽到這句話，那傢伙插嘴說：

「叔叔，那樣會造成巨大的爆炸，絕對不行！飛船的引擎是以原子為動力，如果裝置爆裂物使它爆炸，引擎的能源會在一瞬間被消耗掉，一定會造成數十萬人的死傷，太危險了。」

一開始，游擊隊員們不懂那傢伙在說些什麼。

那傢伙拼命地、慢慢地解釋，有關原子能源的構造、原子爆炸的可怕威力、放射線會造成的重大疾病……等等，他耐著性子仔仔細細地說明著。

聽完之後，大家沉默了很長一段時間，所有的人都掉進了深層的憂鬱裡。

此時，黑鬍子領隊以強硬的口氣說道：

「除了攻擊金蛇隊的總部，別無他法。雖然武器和人員都不足，但真的別無他法了。」

其他的男子沉默地點頭，以示同意。

其實，他們原本打算在明年春天集結國內的其他革命團體，一起策動革命行動。

之前應該要全力地走私武器，結合南蠻島的反抗勢力，發展成內亂才對。

那是讓布拉尼克軍事政府徹底瓦解的好機會。

無奈的是，一切為時已晚了。

當游擊隊決定發動攻擊，那傢伙的煩惱和心裡的苦悶也越來越嚴重了，尚未做好戰爭準備的游擊隊們，如果現在就發難，失敗的可能性非常高，死傷的人數絕對會超過預期。

那傢伙不斷地反覆煩惱著。

——該怎麼辦才好呢？一定要破壞那艘飛船！不過，要怎麼做呢？大臣已經死了，他並沒有告訴任何人有關原子引擎和雷射砲的秘密，而那些重要文件目前正在這群革命黨員手裡，如果現在就破壞飛船，這問題就可以解決了。可是，到底要怎麼做才好呢？

大家花了很長的時間不停地討論著，外頭的雪停了，天氣又更冷了些。

由於，大家實在太累了，於是就這樣穿著衣服和褲子，抱著武器，靠著彼此的身體入睡。

可是，那傢伙睡不著，他一邊聽著那些男子們的鼾聲，一邊想著心臟山的事情。

——熊媽媽還好嗎？弟弟應該也長大了，如果現在再和我比賽摔角，應該可以贏得很輕鬆吧！。如果，當時我聽了熊爺爺的話就好了……

那傢伙實在很想尿尿，於是悄悄地跑到洞穴外面，用尿尿在雪地上畫畫。這時，突然從後面傳來了一陣低沉的聲音，並且用手拍了拍他的肩膀。

「是不是在雪上寫名字啊？」

那傢伙尷尬地搖了搖頭，急忙地停下來。

領隊站在那裡笑著。他也在那傢伙的旁邊，撒了很大的一泡尿。

這個時候，清澈的空氣裡傳來狐狸的叫聲。

「啊，好可憐喔！」

「什麼東西很可憐？」

那傢伙喃喃地說著。

「雉雞。剛剛狐狸把雉雞殺掉了。」

「為什麼你會知道呢？」

「狐狸剛剛是這麼說的，『再等一下，已經抓到吃的了，馬上就回去了。』」

「原來如此。」

領隊抓了一把雪洗了洗手。

「對你來說也許很可憐，但對於狐狸來說，那可是一頓豐盛的佳餚呢！」

領隊把粗壯的手放在那傢伙的肩膀上，吞吞吐吐地說：

「今天……實在很不好意思。請原諒我！」

「嗯……」

領隊不知道要用什麼態度來對待這個孩子才好。

那個孩子在天空中飛翔時，他曾以為這孩子是神，可是，剛剛看到他用尿在雪地裡畫圖的樣子，又跟一般男孩子沒什麼兩樣。

他只不過是個會飛的孩子罷了，而且還會讀懂人心、聽得懂動物的話，真是個不可思議的孩子啊！

「你……為什麼會飛呢？」

那實在很難解釋。雖然對那傢伙來說，這比起原子彈或是原子引擎的結構要簡單得多，卻找不到適當的話可以說明。

「我想是因為我看得見風，所以能飛吧！」

這句簡單的話，深深地刺進了黑鬍子的心坎裡，好像多少能聽懂了，同時他也開始明白，自己離死期已經不遠了。

「我……看不見風。」

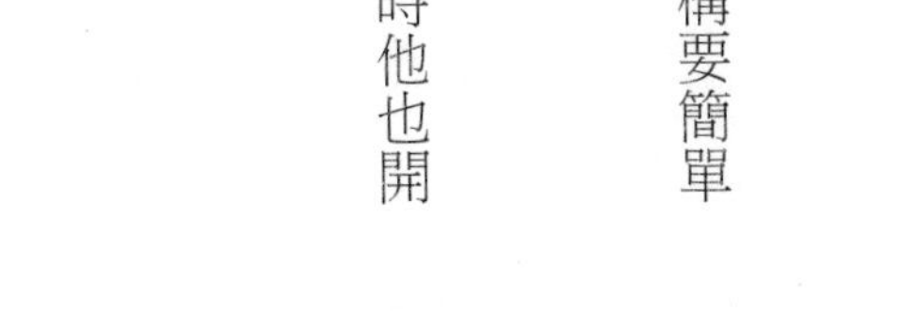

他用一種悲傷的聲音喃喃自語著。

那傢伙仔細思考後說道：

「我認為，看不到本來就不該看見的東西，並不丟臉。不過，如果就這樣認為，不該看見的東西並不存在，那就是一件可悲的事情。」

那傢伙的語氣強硬了起來。

「看得到本來不該看見的東西的人，擁有特殊的力量，這種力量究竟是什麼？我無法說明。不過，我不會因為沒有言語可以形容它，就說它不存在。

我看得見風，叔叔你也許現在看不到，不過那也無所謂。只是，你不會因此就說沒有風這種東西，對吧？」

領隊搖了搖頭。

那傢伙握著他的雙手，一直注視著他雙眼，然後用一種溫柔的語氣說道：

「叔叔，沒有什麼好怕的。看著我的臉，你就會明白。」

經歷過無數戰爭且殺人無數的黑鬍子，突然被一股強烈的恐懼包圍……

當那恐懼逐漸遠離後，他的心感受到了多年來未曾有過的平靜。

在那傢伙的臉上，他清楚地看到了死去的弟弟的臉。

「謝謝……」

「叔叔，去睡吧！」

那傢伙牽著領隊的手，往洞窟走去。

雪持續下了一整夜，逃到洞窟的革命黨員的足跡，已經消失得一乾二淨，取而代之的是，清楚踏印在新雪上的各種動物們的蹤跡。

天亮了，兩個男子肩上扛著大砲走出了洞窟。

現在必須回到鎮上，和其他的革命團體取得聯繫才行，全體一起行動的話，可能會被金蛇隊發現，於是他們以兩人為一組，陸陸續續地走了出來。

「喂，那兩個人，沒問題吧？」

一個大男人向領隊問道。

「沒問題！那兩個人本來就是搭檔，對這片森林可是瞭若指掌，應該不會被金蛇隊發現的。」

壯碩的大鬍子領隊仰望著天空說道。

「嗯……雪停了，小心別留下足跡。如果能再下場雪就好了……」

在旁邊的那傢伙小聲地嘀咕著說：

「還會再下的。」

「嗯？」

大鬍子領隊發出了疑問。

「叔叔，沒問題的，雪還會再下。只要過了中午，雲就會從西北邊的山裡飄過來，帶來大量的雪。」

「咦？你為什麼會知道呢？」

那傢伙用手指了指樹上。

「因為白臉山雀們一邊拼命地吃著樹的果實，一邊談論著即將降下的雪。現在，我們的上方有濕冷的、乾燥的、難以形容的藍灰色的、帶著雪的風在流動。」

領隊搖著頭說：

「反正，我是不會懂的。不過，真的會下雪嗎？」

那傢伙點了點頭。

「好，我明白了。在傍晚前，你，還有你，兩個人出去吧！不要走相同的路，小心埋伏。」

他指著兩個男子說道。

「是的。」

兩個男子齊聲回答。

「明天早上，我會帶著這小子到城鎮去，之後每隔三十分鐘，每次兩個人依序出發，懂了嗎？」

大家點了點頭。

「雪大概會下幾個小時呢？」

「會下一整天。」

聽到那傢伙這麼回答，領隊放心地說道。

「大家都很冷吧？肚子應該也餓了，不過，雪可是擁護著我們革命者的，大家加油吧！」

笑容回到了男子們的臉上，可是那傢伙卻十分悲傷，因為他知道，雪沒有擁護誰，也不與任何人為敵。

雪是海的孩子、風的孩子、山的孩子，冰河和冰山的親人，這種不起眼的人類戰爭，雪是不會在意的。

那傢伙再次傾聽著白臉山雀們的對話。

「這裡、這裡，這個樹枝，有好多果實，真的好多唷！雪要來了，雪要來了，快點！快點！」

山雀一邊用高音說著，一邊在紅紅的莢樹的枝頭上開著宴會。

那傢伙也摘了兩三個紅紅的莢樹果實來吃，那是一種酸酸甜甜、富有變化的味道。

「那種東西不會有毒嗎？」

一名男子滿臉疑惑地問道。

「不會，相反地還很好吃唷！要不要吃一個試試看？」

男子搖了搖頭。

「我們必須吃肉，不吃肉的話就不會有力氣。」

「對啊！要不要抓一隻兔子什麼的。」

那個男子作勢要用槍瞄準兔子。

「你給我試試看！」

領隊用恐怖的臉怒斥著。

「我相信，金蛇隊會很高興地飛奔過來的。」

「我知道，可是肚子快餓扁了，如果有肉的話，可以烤肉……」

那傢伙忽然起了雞皮疙瘩，很久以前在洞窟裡發生的事情，一一浮現在眼底。

如同那傢伙預言的，開始下起了雪，安安靜靜的雪。早上時動物們活動的足跡全都消失了，往城鎮方向走去的男子們的痕跡，也隨著這場雪而消失了。

呼！好安靜，森林的聲音好像被棉花包了起來。

那傢伙的心中，好像有個地方被荊棘刺到一樣，洞窟的對面好像有個聲音在呼喊著他。不！與其說是在叫他，不如說是有什麼東西，想要進到那傢伙的心裡。

大部分的時間裡，革命黨員們用疲憊又憔悴的臉呼呼大睡，那傢伙看著這些男子的臉，開始覺得自己好像是個大人，這些男子反而像個小孩子。

那傢伙從比雪還要安靜的洞窟裡走了出來，頭髮變得和老爺爺一樣的雪白，這位看似嬌小的老爺爺，比雪還安靜地走著，即使從睡著的兔子旁邊經過，兔子們也完全沒感覺。

在這個國家的森林裡住著稀有的山貓，這種山貓擁有淺灰白色的毛皮、琥珀色的眼睛和有鬃毛的耳朵，以及比普通山貓更粗大的腳。牠一點都不怕冷，還能在雪地裡快速奔跑，即使是比母鹿還要大的動物，山貓也能輕易地用銳利的爪子和牙齒殺了牠們。

山裡的人都說，帶著孩子的山貓，比熊更恐怖。

這種既美麗又可怕的動物和那傢伙不期而遇了，山貓的前腳，有個五顏六色的東西橫躺在那裡，牠一動也不動，那傢伙停止了呼吸。

「血！是血！」

雪地上有著血。

那傢伙嘆了口氣。

「唉，雉雞……好可憐。」

山貓的琥珀色眼睛閃著火光，一點也不以為然。

「有什麼好可憐的。」

山貓緩緩地站了起來，尾巴的前端看起來刺刺的，但是那傢伙並不怕。

「雉雞好可憐。」

「這麼說也沒錯，因為這隻雉雞還有老婆和許多孩子。」

「你好過分……」

「會嗎？他的老婆和孩子已經不需要他了，可是我的老婆和孩子還需要我，因為我會帶好吃的東西給他們吃。」

山貓打了個大大的哈欠，舔了舔右腳，把臉洗了洗。

「你的朋友，那個金鷲也一樣吧？你怎麼不說他抓了多少隻雉雞呢？」

山貓抓了抓地上的雪，肩上像絲綢的肌肉如漣漪般鼓起來。

「你過來，看看這雪的下面！」

那傢伙靠了過去，蹲下去仔細看，發現枯死的樹木、葉子底下，長出了許多的新芽。

「照這樣下去，這些植物的孩子，在這個春天就會成為漂亮又高大的花草，可是，這些孩子也都會被雉雞吃掉。我和我的孩子，則吃掉雉雞，這有什麼不對嗎？」

山貓一直注視著那傢伙的臉。

突然，砰的一聲，山貓把死掉的雉雞丟到地上。

「把這個拿回去，給那些男子們吃吧！」

「為什麼？」

「烏鴉告訴我，我的老婆抓到了三隻兔子，我們一家有那些就夠了。」

「可是，山貓先生你為什麼會……」

「你只看得見高處的風，其實低的地方，甚至是靠近地面上的地方，也都有著各種的風。再多看看吧！那些風也能教會你一些事情，快走吧！」

山貓說完，往旁邊縱身一跳，咻地一聲消失在松木之間。

那傢伙回到洞窟時，表情看起來好像大禍臨頭的樣子，他卻只是沉默地把死掉的雉雞遞給了領隊。

「叔叔，有肉。」

「這小子真厲害。」

「怎麼有這個？剛剛才捕到的嗎？」

「山貓給我的。」

男子們都笑了。

「山貓？」

「哈、哈、哈，很會開玩笑嘛！」

那傢伙的手上沾了些血，他把手插進雪地裡搓搓洗洗。

領隊靜靜地看著飄落的雪，思考了好一會兒。

「生個小小的火，應該沒問題吧！不過，不要使用濕掉的木頭和活的樹枝。」

男子們發出雀躍的聲音，出去找烤雉雞用的木頭了。

「雉雞先生，對不起。」

那傢伙喃喃自語著。

那傢伙當然明白，雉雞小小的靈魂已經飛到很遠的地方去了，可是雉雞的肉，感覺起來就像是自己的肉一樣。

「雉雞先生，謝謝。」

那傢伙重新說道。

第二十二章

城鎮裡發生了激烈的暴動。

這個暴動是由革命黨員們發動的，不過，也有許多憤怒的市民自動加入了暴動。

那一天，那傢伙第一次發現，人類的感情原來是有顏色的。

在磚造的總部前，排成兩列的軍隊正持槍備戰著，一名指揮官把手槍舉向空中，開了一槍。

「各位市民，通通給我回去！馬上從這裡離開，不然，我就要下達射擊命令了！」

總部前聚集了數萬名市民，大家的口中都高喊著反對軍事政府、反對戒嚴令和布拉尼克的口號。

突然間，有幾個人開始丟起了石塊。金蛇隊立刻向群眾們開槍。

這突如其來的攻擊，大家在飽受驚慌、恐懼之餘，開始害怕地四處逃竄，但金蛇隊的槍擊聲依舊持續不斷，人群就像是被丟棄的洋娃娃一樣，散亂地倒了一地。

當時，那傢伙也在現場。

剛開始，他和大家一同逃跑，當他停下腳步稍微回頭張望的時候，在金蛇隊的行列上方，看到了一種由紫色、紅色與綠色混雜而成，像霧般朦朧的東西。

「啊！原來，軍隊裡所有的人，心中也都很害怕，那是恐懼的顏色。」

那傢伙停在道路的正中間，手指著金蛇隊，高喊著：

「軍隊裡的人都在害怕！」

另一個男子叫著：

「沒錯！這孩子說的話沒錯，大家別逃啊！那群人雖然拿著武器，但我們的人數比他們更多，不是嗎？反過來擊敗他們吧！」

大家看到那傢伙一個人站在路中間，許多人都不逃了，鼓起勇氣朝金蛇隊的行列突進。這時，混雜在人群裡的革命黨員們，心裡有一種沉重的感覺。

以自己的力量攻擊金蛇隊幾乎沒有勝算，所以才決定利用市民暴動來掩護，領隊早就把有多少市民會因為這場暴動而死亡的事，拋諸腦後了。

「喂，各位，該我們上場了！」

領隊在大貨車的後頭準備著槍，並催促著心情沉重的革命黨員們準備行動。

穿著黑色制服的金蛇隊行列，終於被人海衝破了，大多數的武器都被奪走，也死

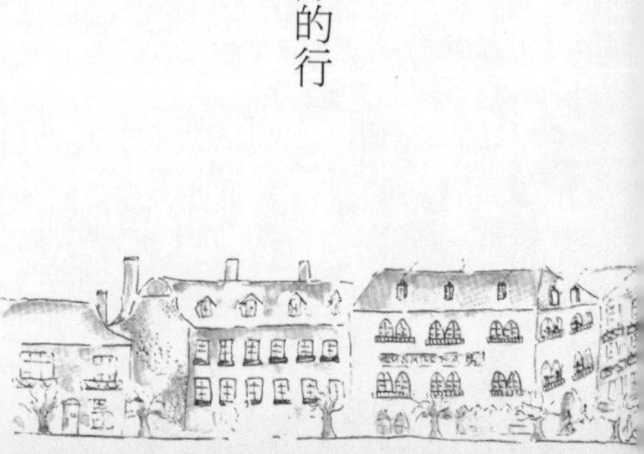

傷了一些人，剩下來的則逃回金蛇隊總部。

忽然間，從磚造的建築物的窗戶中，金蛇隊開始了連發槍擊。

這時，已經從暴動變成了正式的戰爭。

人們的叫喊聲、機關槍的低吟、手槍的擊發聲、手榴彈的爆炸聲、受傷者的呻吟聲，以及各種戰爭的聲音，在那傢伙的心裡沉重地響著。

——這不是模擬戰爭，這是真正的戰爭！

子彈從像怪物頭蓋骨般的磚造建築窗戶裡，連續不斷地飛了過來。由於巨大的建築物上並排著許多的洞，從外面看過去，根本搞不清楚子彈究竟是從哪裡發射過來的。不過，當熾熱的子彈飛行時會攪亂空氣，那傢伙看得到那個部分。

從射擊的地方到擊中的地方為止，空間中會產生一條像用尺畫出來的直線，所以那傢伙可以正確地告訴革命黨員們，子彈射出的位置。

「叔叔，最上面從右邊數來第十四扇窗子，還有建築物正中間的最上面，從左邊數來第三扇窗。」

那傢伙像運動員一樣，拼命地四處來回移動，幫忙把受傷的人移到安全的地方，或是運送飲水和繃帶，不論是多麼危險的地方，那傢伙都願意去幫忙。

那傢伙不明白要怎麼戰鬥，在這場戰爭裡，他純粹用孩子的肉體去迎戰。

雖然，那傢伙曾經過破壞石頭，卻不想用同樣方法破壞人類，因此，這次他沒有使用超能力去破壞任何東西，或是把什麼人吹走。

對於這場戰爭中的男女們來說，只要看到那傢伙的模樣，他們就安心了。

戰爭越演越烈了。

有些革命黨員開始往磚造的建築物靠近，開始朝下面的窗戶投擲手榴彈，在寬廣的黑色玄關中安裝炸藥並且引爆，接著進攻到裡面去。

明明不想死卻死掉的人們的靈魂，四處徘徊，那傢伙清楚地看見這一切。

那傢伙的苦惱越來越深了，煙、火、爆炸、火藥的味道，痛苦、死亡、迷惘的靈魂……那真是個地獄。

不只是這個磚造建築的四周，城鎮裡也有數十萬人正在暴動著，石塊和火焰不間斷地在人們的頭頂上飛著，某些士兵的摩托車燃燒了起來，冒出刺鼻的黑色濃煙。

金蛇隊的子彈，發出了像憤怒的虎頭蜂一樣的連續聲響，到處亂飛，革命黨員們躲在橫躺的車子後面，忍受著金蛇隊的機關槍和大砲的無情攻擊。

在城鎮裡，在那傢伙的四周，死了許多的人。

最後，那傢伙也被流彈擊中了。流彈在那傢伙的肚子上開了一個大洞，那種震撼就像心窩被踢到一樣，隨即產生一種無法言喻的痛苦。

伴隨著這種痛苦，他的眼前開始黑了起來，腦海中響起很久以前一頭母熊的痛苦哀嚎，那是掉進黃金龍人陷阱裡的母熊的哀嚎……

在四周作戰的幾個人們，注意到那個少年痛苦的樣子，於是停止了戰鬥，全都聚集了過來。

黑鬍子領隊哭著將那傢伙抱在懷裡，周圍的人也哭泣了起來。

——為什麼大家都在哭呢？

那傢伙心裡想著，卻發不出聲音來。

「我還沒問過你叫什麼名字，可以告訴我嗎？」

那傢伙微笑著，用盡最後的力氣說道：

「從很久以前，我就沒有了名字。所以，叔叔，你叫的名字，就是，我的名字……」

一邊說著，那傢伙的靈魂從小小的身體中飄了出來。

正上方有個閃耀著光芒的地方，朝著那個方向，美麗又涼爽的風正在流動。

那傢伙的靈魂看得見風。

可是，那傢伙沒有到那個閃耀著光芒的地方去，他還有重要的事情要完成。這場戰爭究竟要如何停止呢？之前他一直苦思著，現在，他終於懂了。

第二十三章

從科學大臣暗殺事件發生的那天開始，布拉尼克總統和他的輔佐官，就一直住在他們暱稱為「龍船」的飛船裡。

對布拉尼克來說，龍船是最適合居住的地方了。

飛船裡的保全完善、設備新穎，每一樣都閃閃發亮著，而且飛船內編制的四十名組員，當然包含輔佐官在內，每一位都很忠心。

除此之外，飛船是國內最大型的飛行武器，燃料足夠使用一年以上，萬一金蛇隊輸掉了，飛船可以飛到任何地方去，之後應該也可以想個辦法報仇，布拉尼克心裡這麼盤算著。

對於人性的黑暗面，布拉尼克是再清楚不過了。

弱者如果開始被厭惡，大家也會傾向越來越討厭那個弱者。可是強者被厭惡的話，那種厭惡會隨著時間而扭曲成一種愛慕，布拉尼克的情況正是如此。

雖然有討厭嫌惡他的人，但也有憧憬愛戴他的人。許多人被新黃金龍帝國的夢想所吸引，認同了布拉尼克的作戰野心，即使失去自己的自由，即使許多人被殺害，他

們卻漠不關心，贊同布拉尼克夢想的人竟然越來越多。

布拉尼克自信滿滿，認為只要小心暗殺，布拉尼克總統的新黃金龍帝國，一定可以實現！

「總統！」

當布拉尼克一個人在艦橋上思考事情的時候，輔佐官匆匆忙忙地跑過來，臉色鐵青地向他行了個禮。

「怎麼了？」

「總統！有一個壞消息。」

輔佐官吞了吞口水。

布拉尼克面帶微笑地說：

「然後呢？我雖然很討厭帶來壞消息的人，但我並不是一個氣量狹小的人。看看我這身制服，這是軍人的制服，還有這頂帽子也不是皇冠，我不是國王，我是一個軍人。

請報告吧！如果有不好的事情發生，我們再思考如何因應。」

在布拉尼克沉著、溫和的語氣裡，藏著一把刀。

「好！那我開始報告了，目前總部聯絡已經被切斷了，在進行最後的通信時，造反者似乎也已經進入總部，我們的傷亡很嚴重。」

「簡單的說，就是造反者已經攻占了總部，對吧！好，我知道了，你去把船長叫到這裡來，我們六個小時後出發。」

輔佐官敬了個禮，轉身離開。

布拉尼克思索著。

——經過了六個小時，那些造反者應該都卸下心防了，搞不好還開起了慶祝派對也說不定。六個小時之後，總部裡應該有許多的造反者，一定到處都是威士忌、紅酒和各種酒類，屆時再看準時機，從空中把他們全部炸死……

反正那個建築已經很古老了，重新蓋一個更完善的總統官邸就好了。哈，那些傢伙們應該猜想不到，我正在飛船裡避難吧！

這時，飛船的船長走進來並行了禮。

「總統！」

「六個小時後出發。」

「可是，總統，夜晚的山是很危險的。」

「你放心好了，目的地是更近的地方，不需要越過山頭。船長，你好像還沒有聽到報告嘛？造反者已經占據了金蛇隊的總部，我們的目的地是金蛇隊的總部。」

船長一時之間說不出話來，畢竟去攻擊自己的城鎮，甚至是自己的家，這是一種多麼強烈的衝擊。

布拉尼克臉帶無奈地苦笑著。

「如果是自己身體上有了腐爛的傷口，一個軍人會如何處置呢，船長？」

船長沒有回答，布拉尼克不疾不徐地接著說道：

「用燒得火紅的短刀，把那個腐爛的地方切掉。雖然一定會很痛，但那是最有效的處理方法。船長，你懂吧？」

飛船的船長敬了個禮，說道：

「是，總統。我這就去準備。」

布拉尼克沉默地回了禮。

布拉尼克一個人站在飛船的橋上，回顧著自己到目前為止的人生。

從一個綽號是「蜘蛛」，總是被人當成傻瓜的孤單男孩，到成為握有世界第一軍事權力的總統為止……

——夢中吞下的蛇，現在在我的肚子裡策劃什麼樣的詭計呢？

這個時候，布拉尼克突然感到一陣寒意。

——好奇怪的感覺喔！

三天前的雪已經全部溶化了。現在，天空湛藍一片，不是夏天那種濃濃的藍，而是冬天那種淡淡的藍。

——雖然，外面的氣候確實變冷的，但飛船應該隨時保持在一定的溫度才對呀！

布拉尼克站了起來，準備回到自己的房間裡去，他正在寫一本自己的傳記，還有自己的哲學思想的書，書名叫《黃金龍帝國的復活》。

在發動攻擊之前，還要先跟白紙戰鬥呢！

——今日是造反者的巢穴，明天就輪到魯桑市！

冬天的太陽好像剛從山裡爬出來就累了一樣，微弱地發出橘色的光芒，那光芒為了溶解地上的霜雪，已經竭盡全力。幸好，即使在冬天，靠著大陸吹來的溫暖南風，這個國家也能保持溫暖。

布拉尼克關上了房間的窗子。

——這個房間也好冷，好奇怪！

布拉尼克濃密毛髮裡的皮膚上，起了大片的雞皮疙瘩。

——我該不會是感冒了吧？

鋼鐵製成的房間牆壁上，掛著一面大大的鏡子，布拉尼克總是十分在意自己穿軍服的樣子。

每天早上，布拉尼克會站在鏡子前，花三十分鐘去調整那件黑色的制服、閃閃發光的勳章、銀色的徽章和紐扣，以及雙子蛇的隊徽。之後，他還會整理黑色西裝頭的分線，和修整乾淨的黑色鬍子。

「真的好冷，真奇怪……」

布拉尼克看著鏡子，一瞬間他的心臟彷彿就要停止了，那傢伙正在鏡子裡。

布拉尼克鼓大了眼睛，指著鏡子。

「你！為……為什麼會在這裡？」

鏡中的那傢伙只是微笑著。

其實，那張臉是布拉尼克心裡的煩惱，是他從肚子的最深處發出的無聲悲鳴。

鏡中的姿態，好像兩張重疊的臉，開始慢慢地變化了起來，起初變成了自己小時候的臉，接著變成了現在身穿黑色制服的自己。

啊，那雙哀傷的大眼睛，一直注視著布拉尼克……布拉尼克急忙地走出了房間。

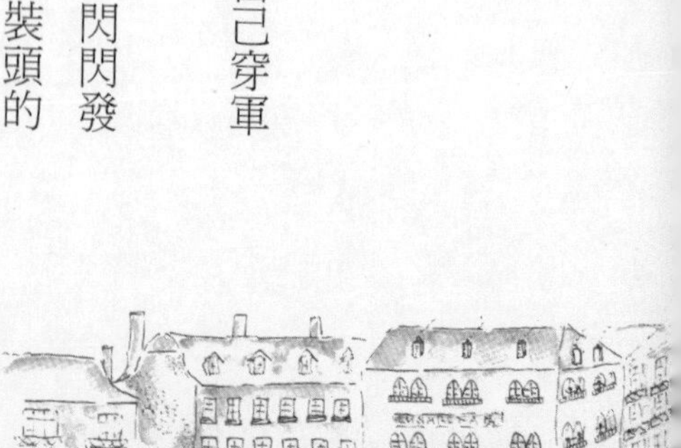

「白蘭地、白蘭地，我需要白蘭地。一定是最近沒睡好的關係，這只是普通的感冒……」

可是，已經太遲了，那傢伙的靈魂已經進入布拉尼克的體內了。

由於布拉尼克性情古怪，進入他的體內並不是件容易的事情，那傢伙和布拉尼克的精神力不斷奮鬥，好不容易才進入了他的體內。

布拉尼克忽然大聲嚷嚷地下達命令，以混合著布拉尼克和那傢伙特質的聲音。

「各位，現在馬上下船！」

組員和輔佐官們都拿著手槍，匆匆地跑了過來。

「總統！您怎麼了？究竟發生了什麼事情呢？」

「服從命令！現在馬上下船！」

布拉尼克從皮套裡掏出了自己的手槍。

「出去！現在馬上出去！」

他一邊揮舞著手槍、一邊叫嚷著。看到了總統氣得漲紅的臉，大家覺得害怕了起來，急忙地從飛船下來聚集在機場，四周有數百名手持武器的市民等著他們。

船長對自己的部下說：

「總統已經發瘋了，流血不是最佳的選擇，我打算投降。」

「投降？沒這回事！」

輔佐官大叫著：

「戰鬥！」

輔佐官轉向市民的那瞬間，響起了一聲槍響。

輔佐官抱著胸，膝蓋著地跪了下去，胸口的勳章旁，有個新的紅色勳章正一點、一點地開始擴散。輔佐官沒有開口說任何一句話，便臉朝地倒了下去。

船長和組員們都舉起了手。

進到布拉尼克身體裡的那傢伙的靈魂，對於飛船的一切都一清二楚，所以要發動前進也是輕而易舉的事情。

然而，布拉尼克知道那傢伙的靈魂想要做什麼，竭盡全力地戰鬥著，他的身體開始冒汗，太陽穴的青筋爆了出來，脈搏也加速地跳動，臉色變得相當猙獰。

那傢伙勉強拖著布拉尼克的身體，用僵硬的步伐走到駕駛員的位置上坐了下來，手槍從毫無生氣的手裡滑落，他艱難地挪動著手去操控飛船。

飛船慢慢地離地，機場揚起了大量的灰塵，留下來的船長和組員們的黑色制服，

因為灰塵，都變成灰色的了。

飛船筆直地往高空飛去，載著一個身體、兩個靈魂，往高空飛去。

之後，漸漸飛到了地球的大氣層外，從地球看去，飛船就像一顆紅色的小星星。

到目前為止，飛船從來都沒有飛得那麼高過。

從飛船的空橋窗戶，可以看到藍色的地球，和像鑽石一樣的星星，好像伸手就能觸摸到一樣。

這時，飛船的引擎聲，就好像從一隻大貓的喉嚨所發出的叫聲。

布拉尼克的精神與身體，不斷和那傢伙強行進入的靈魂纏鬥，只是，那傢伙的靈魂越來越深入其中。

「啊、啊、啊、啊……」

布拉尼克發出了綜合大人和小孩的聲音，聽了令人毛骨悚然。

「快點離開我的身體！」

「我不要，這是為了你好，請安靜點！」

「救命！誰來救救我！」

事實上，布拉尼克知道飛船上沒有人可以救他。

那傢伙慢慢地伸出布拉尼克的手，讓飛船的核能指數越來越高、越來越危險，紅色的警示燈開始閃動，嗚嗚的警笛鳴聲，也跟布拉尼克的哀號聲，一起迴響在幾無人煙的飛船上。

「就此罷手吧！我一點也不想死啊！」

那傢伙的靈魂開始安撫布拉尼克的心。

「從小到大的布拉尼克，一直都希望受到大家注意，對吧？你即將會變成一顆閃亮的星星，你會比任何名人都耀眼，你是一顆巨星，地球上每個人都會向你看齊。不要怕！」

那傢伙邊說這些話，邊把飛船的引擎功能開到最大，企圖要使飛船爆炸。

這時，布拉尼克總統的國家恰好是黃昏，戰爭已經到了尾聲。

但是，整座城到處都是屍體。

紅磚建築物前，散落四處的死人像是被拋棄的洋娃娃，不管是黑色制服的屍體和民眾的屍體都有。

新的太陽快速地從東邊升起。

天空的神就好像開燈般，將黃昏的天空照得像白天那樣明亮。

在那一瞬間，地上的人都倒吸了一口氣，驚訝地沒人敢發出聲音。那個新的太陽只存活了十三分鐘，鳥兒也群起向天空飛去。

在新太陽中的布拉尼克的靈魂，在那一剎那感覺到了「幸福」，然後又被孩子的叫聲，喚回過神：

「你看！你看！你看！大家都在看！很閃亮吧？很耀眼吧？很偉大吧？」在那之後，那傢伙的靈魂，便與布拉尼克的靈魂一起朝遠方出遊。

那傢伙的身體，在金蛇隊總部的戰役中陣亡了。

在戰爭最後的十分鐘，游擊隊的領導也在總部走廊被手槍擊斃了，總之，認識那傢伙的革命黨員都死光了。

救護人員將那傢伙的屍體抬上擔架時，誰也不知道那傢伙的事蹟。

最後，只留下在那場戰役中嚥下最後一口氣的男人，他勇敢奮敵的事蹟。

——不能忘記他的勇氣。

在大部分的市民心中，是這麼想的。

開始下起雨了。

街上的血被雨水帶走。

隔天一早，街道已被雨水洗得很乾淨。

戰爭終於結束了。

第二十四章

整個魯桑市，覆蓋在深而柔軟的冬雪之下，到處是一片銀白。

冬至的前一天晚上，在萬里無雲的天空中，出現了一顆像太陽般明亮的新星，連續十三分鐘，閃爍著耀眼的光芒。

冬至當天的清晨，天空依然晴朗無雲，連一點風也沒有。

在太陽還沒從東方升起前，魯桑市的孩子們就踮著腳尖走進廚房，把放在那裡的牛奶和蛋糕吃完，之後再把小禮物放在還在睡覺的父母親枕邊，便急忙地穿上外衣、套上長筒靴和圍上圍巾，到外面找朋友去了。

早晨是屬於孩子們的。

在吐司、咖啡和培根這些早餐的香味，尚未飄散在街道上之前，孩子們就開始在各自的家門前堆起了雪人，這是冬至當天的第一場遊行。

在魯桑市的廣場和公園裡，到處裝飾著富有想像力的冰雕。其實，從前一天晚上開始，大概有三分之一左右的道路已進行交通管制，魯桑市民花了一整個晚上，在路面上用雪做了一條長長的溜滑梯。除此之外，還準備了篝火、搭起帳棚和遮陽簾，也

架好集會活動和舞蹈表演要使用的舞台。

忙了一整晚的大人，因為疲憊而睡懶覺的這段時間裡，孩子們欣喜若狂，他們打雪仗、坐雪橇、玩溜滑梯。

從中午開始，城鎮裡響起了音樂。在劈哩啪啦的火花聲出現後，所有的樂器和歌曲便開始在街道上響起。

所有人家的玄關上都會放上擺飾，任何人都可以隨意的自由進出。

在結冰的運河上，進行著滑冰比賽、馬拉雪橇競走和滑石遊戲。

整個魯桑市充滿歡樂的氣氛。

有個男子，從一早就在結冰的運河和河流邊，垮著肩膀緩緩步行，他的心緒看起來像是飄盪在很遙遠的某處。

雖然他身穿薩利亞樣式的羊皮製溫暖大衣，卻不知道為什麼總給人來自外國的感覺，他不像是薩利亞人，他的臉看起來比薩利亞人瘦多了。

其實，這名男子叫做魯巴塔，是一位流亡到薩利亞的博士。

他在這雀躍而欣喜的歡樂氣氛中，以沉重而悲傷的心情，一個人獨自走在街頭，思考著有關自己國家的事情。

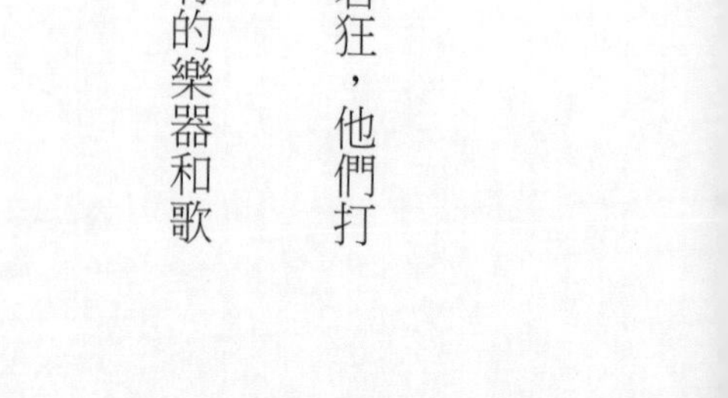

——布拉尼克總統為什麼要對一個如此愛好和平的國家發動戰爭呢？

他一個人苦苦思索著。

遠方有誰正在向他呼喊著：

「老師，塔巴魯老師，冬至快樂！歡迎你回來！」

對於這個冬至問候，他只是揮了揮手。

冬至這個日子，是要和家族的人一起度過的。

不巧，塔巴魯博士既沒有老婆、也沒有小孩，而他親愛的兄弟們，除了擔任游擊隊員的弟弟之外，其他人都被金蛇隊抓走了。連他們是不是還活著，他也完全不知道。

他一個人，一邊思考、一邊持續地走著。

幾年前，塔巴魯博士和其他五位科學家，曾經被一個叫做布拉尼克的陸軍上校喚去，在某個建築物的中庭裡，親眼看到了令人不敢相信的事情。

那天，他的朋友死了。

死去的朋友的弟弟逃走了，成為游擊隊的一分子，但後來也死了。其他三位科學家，則長時間被關在監牢裡拷問，最後也都被射殺了。

塔巴魯博士和一起被逮捕的弟弟兩個人，順利逃了出來，弟弟加入了游擊隊，博

士則流亡到薩利亞。

這是一段很艱苦的日子。

「老師，老師！塔巴魯老師！」

一位薩利亞的年輕男子跑到他身邊。

「老師，這樣不行喔！今天不可以一個人過。」

那是一位年輕學生，兩手分別握著一個大酒杯，裝有溫熱過並加入香料的紅葡萄酒，他把其中一個遞給了老師。

博士滿懷感謝地用冰冷的雙手接下了溫熱的陶製酒杯，聞到了伴隨著蒸氣而來的香味。

「啊，巴納，謝謝你！冬至快樂，歡迎你回來。」

學生滿是擔心地看著博士。

「老師還沒吃東西吧？喝完葡萄酒後，請跟我一起來吧！

大學旁的公園裡有個聚會，那裡有很多好吃的東西，光是燒肉，就有牛肉、山羊肉、鹿肉、鴨肉和雞肉。

糕餅、飲料……什麼都有，派也是熱呼呼的，全都讓您吃到飽，真的很好吃

喔！。

如果老師能來，大家一定會很高興的，班上的同學都很想和老師聚一聚，老師您要不要一起來呢？」

塔巴魯博士本來想拒絕的，但看到這個性格直率的年輕男子的認真臉孔，便不好意思推辭了。

「好，我很樂意。」

學生舉起了自己的酒杯，輕輕地碰了一下博士的酒杯。

「慶祝太陽回來，乾杯！」

塔巴魯博士一口氣喝掉了半杯左右，葡萄酒馬上發揮了作用，不僅溫暖了胃，還讓他的心情好了起來。

那時，來了許多不認識的人，拿著裝有溫葡萄酒、裹著羊皮的陶瓶，往博士和那學生的酒杯碰去。

「冬至快樂！」

博士喝了許多酒，他一邊想著薩利亞人為何會如此地親切，一邊和他們互相寒暄著。

「老師，我們走吧！我妹妹和雙親，大家都從鄉村來到魯桑市，如果您方便，今晚要不要一起吃晚飯呢？」

「噢，巴納，你真是體貼。不過，今天從早上喝到現在，這樣的狀態也不適合在今晚見你的家人吧！總而言之，改天……」

「老師，今天在薩利亞應該沒有一個人不喝酒吧，在冬至這天要把過去的煩惱和悲傷全部都忘掉。如果不這樣做的話，閃耀的太陽會隱沒到山裡，地球就會永遠變成黑夜了。」

學生笑著說：

「這是薩利亞的傳說。老師，你的肚子一定也餓了，不是嗎？跟我一起走吧！」

路旁的人已經開始跳起了舞，在運動、寒冷、溫蘋果酒、葡萄酒、蒸餾酒的作用下，臉變成紅色的人們一邊大聲談笑、一邊歡欣跳舞。當覺得有點累的時候，馬上就到爐火旁邊去，那裡會有朋友、美食、談天說笑和美酒等著。

兩個人走著、走著，突然有位漂亮的金髮年輕女子抱住博士，並給了他一個大大的吻。博士吃驚到酒杯幾乎要掉到地上，巴納在一旁開心的笑著。

「啊，不好意思！不過，瞧老師一臉吃驚，這一定是您的初體驗，對吧？第一次參加魯桑的冬至祭典！」

金髮的美女一下子消失在人群之中。

「嗯，沒錯。這是第一次。」

「剛剛那個也是魯桑的習慣唷！傳說在冬至那天，女性如果親吻外國人或旅人的話，隔年就能夠找到好的結婚對象，所以我想今天老師應該會被不少人親吧？」

「對於外國人來說，這真是個有趣的習慣。」

原本面帶微笑的塔巴魯博士，突然嚴肅了起來。

「可是，我是敵國的人。」

「在這一天，一起喝酒、吃飯的人，就不是敵人。老師，只有今天，請您不要再說那些話了……」

學生趕緊把話題轉移開來。

「昨天晚上，你看到那顆閃亮的星星了嗎？真的很大，對吧！那個究竟是什麼呢？」

「其實，我也不知道。是不是巨大的流星或什麼的，還是太陽看到了魯桑這樣的美女，所以昨晚特別早起了呢？」

拉著載貨車的男子靠近了過來，以如同旋律般的聲音叫喊著：

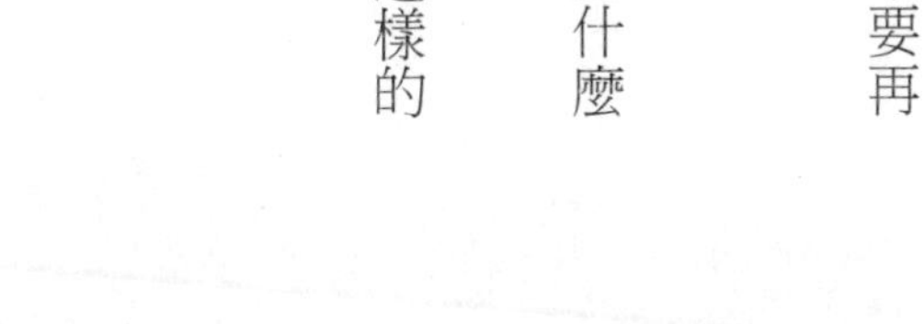

「蘋果酒……蘋果酒……又甜、又熱、又濃烈的蘋果酒。」

載貨車上堆著炭火，那些炭火燒得火紅，插著幾隻鐵製的棒子，火的旁邊放著用銅做成的，看起來像是有蓋子的厚鍋般的東西，上面有個小小的龍頭。

巴納把載貨車擋了下來，並付了一些錢，兩個人的酒杯裡被倒入金色的蘋果酒。之後，男子從火裡拿出燒的火紅的鐵棒，放到酒杯裡去。

滋！

伴隨著聲音，一種不知道如何形容，好像混入了奶油糖醬汁的香味，刺激了博士的鼻子。

「這個蘋果酒是用山裡的香甜水果做成的，在蘋果中混入了木莓，很好喝，請喝喝看！」

巴納向塔巴魯博士推薦著蘋果酒。

博士喝了下去，雖然有一點燙，但好喝的程度絲毫不輸給它的香味。

「老師，如果有其他美女來，要不要我再教你魯桑的另一個冬至習慣呢？」

「那是什麼呢？」

「回親對方也是可以的唷！」

博士笑著跟在學生的後頭走。

塔巴魯一邊啃著烤鴨腿，一邊注視著野外舞台上正在進行的舞蹈，在爐火、羊皮大衣和溫熱飲料的助興之下，博士一點都不覺得冷了。

野外舞台的後方，許多國家的國旗，高高懸掛在並列的柱子上，隨風擺動著。不過，其中一根柱子上並沒有掛上國旗。

原來，即使是冬至，敵國的旗子依然不能被掛上去。

塔巴魯博士的寂寞心情，又像漩渦一樣襲捲了他的胸口。

——為什麼要戰爭？

差不多就在那時，舞台上的舞蹈停止了，音樂也停止了，大學校長手裡拿著一張紙，站上了舞台。

他舉起了手，用清楚的語氣說道：

「安靜，安靜！」

大家立刻安靜了下來，然後充滿疑惑地互相注視著彼此的臉。

怎麼？又怎麼了嗎？又要開始戰爭了嗎？

「各位，我有重要的事情要宣布！」

四周除了劈哩啪啦的火焰燃燒聲，什麼也聽不到。

「十分鐘前左右，和鄰國間斷了數年的無線通訊，正式地接通了。

布拉尼克總統自殺身亡了。

在這封電報裡，鄰國的新革命政府提出了和平協定。當然，我們薩利亞的政府也贊同了和平的復興。

各位，戰爭結束了！」

校長的聲音稍微哽咽了起來。

「冬至快樂！歡迎你回來！」

在迎著清澈美麗夕陽的風中，描繪在紫色土地上的紅龍，伴隨著國旗慢慢地飄揚，代表桑魯市的那面旗幟，正恣意地隨風搖曳。

塔巴魯博士被學生們扛到了肩上，在公園裡旋轉著。

巴納問道：

「老師，你打算怎麼辦呢？要回去你的國家嗎？」

「當然要回去。不過，那是明天的事情，今晚要怎麼辦呢？要不要喝個痛快呢？」

自己也不知道為什麼，塔巴魯博士的心底，浮現出飛到天空中的那張孩子的臉。

——那傢伙，消失到什麼地方去了呢？

在西方的天空，又圓又紅的太陽正沉到山裡去。這個充滿著紅色、橘色、黃色的天空，似乎約定著晴朗的好天氣。看到了這片天空，乘船的或養羊的，應該都可以安心的入睡了。夕陽的火焰，已經不再是戰爭的火焰了。

第二十五章

那傢伙和布拉尼克兩個人的靈魂，在繁星點點的銀河裡，持續著他們的未知旅程。

不管看了多少、多久，還是有幾兆個從來沒有看過的星星，但布拉尼克的靈魂卻開始厭倦了。

「怎麼了？快點走吧！你看，你看，那個紅色的星星右邊，有一顆看起來很有趣的行星，過去看看吧！」

布拉尼克的靈魂還是無動於衷。

「布拉尼克，快點走吧！現在就從這裡出發的話，到那裡只要花個幾百萬年……」

「我……已經厭倦了。」

「咦？」

「厭倦了。」

——對這麼美麗的宇宙厭倦了？

那傢伙雖然感到不可置信，但仔細詢問了布拉尼克的靈魂後，發現了一個不可思議的事實。

因為靈魂是看不見的，所以布拉尼克一直覺得很寂寞。

「即使知道你的存在，也還是看不見你自己，對吧？就像是透明人……

總之，你還是想要一個身體。」

布拉尼克說道：

「我們不是人，也不是動物，更不是光。我們是靈魂，比空氣還輕，比鐵還要強唷！我說，布拉尼克，你振作一點嘛！」

不過，布拉尼克的靈魂卻漸漸憂鬱了起來，他無論如何也想要一個身體。

「真是麻煩啊！所謂的身體裡都已經有靈魂了，沒有靈魂的身體就是已經死掉的，已經死掉的身體通常不能再使用了，不是嗎？」

「可是，你不是經常進入並占據其他人的身體嗎？」

「那並不是什麼好事，真希望你能忘記……」

「那麼，和其他的靈魂好好談一談，一起相親相愛的住在同一個身體裡，如何？」

「嗯，那樣其實也不太好唷！擁有兩個靈魂的生物，一定會發狂的喔！」

兩個人的靈魂一邊思考著各種可能，一邊持續著旅程。

雖然，布拉尼克的靈魂是從那樣偉大的大人身體裡出來的，卻是一個尚未成長的靈魂，他的靈魂不過是魂的卵而已。

一路上，布拉尼克的靈魂一直不停地抱怨，那傢伙感到很困擾，只好試著安撫他。「你看！繼續我們的旅程的話，一定會找到一個好辦法的。」

那傢伙的靈魂顯然優秀許多、成熟許多。

過了一會兒，他們到了某個世界，那是個溫暖的海洋世界。

在那片海洋上，完全沒有暴風雨、漩渦或是可怕的海流，只有平靜的浪花而已。

海的世界的盡頭，透著紅色光芒，類似昆布的海草，像長春藤般細微地結成了一張網，從海底纏繞到那裡去。從那些海草的莖部，傳來了溫和的節奏。

「哇！這些好稀奇。」

那傢伙說。

「我對魚那種東西沒有興趣，我們離開這個海的世界吧！」

布拉尼克依舊滿腹牢騷地抱怨著。

「等一下！那上面有一個小小的城市，我們過去看一下吧！」

他說的沒有錯。

一開始，他們沒有仔細注意，那裡有個被海草葉子包圍住的城市。

兩個人的靈魂往城市的方向靠近，入口的地方站著一位女性。

「請進，我等你們很久了，一直在等著你們唷！」

如果想要用言語來描述這位女性，恐怕無法做到。那位女性是美的、醜的、胖的、瘦的、白的、黑的……，因為盯著她看的時候，無論形體、臉孔、衣服……等，無時無刻都在不斷地改變。

「不要傻傻地站在那裡，快請進吧！」

兩個人的靈魂進到了城裡，城裡充滿著柔和的光，一種混合著紫色和粉紅色的光，而城的牆壁上裝飾著薄薄的絲綢字畫。

從細長的窗子裡，可以看到濃綠色的葉子隨波搖曳，一進到城裡，立刻清楚傳來一陣陣海草莖的節奏。

咚、咚、咚、咚、咚……

「這些雜草吵死人了。」

布拉尼克說道。

「這不是雜草，整個城市都是靠這些粗粗的莖來運輸養分的喔！如果沒有這些海草的話，這個城市就活不下去了喔！」

「啊！那不就和動脈一樣嗎？」

「就是這樣。布拉尼克先生，你的朋友確實有在觀察喔！如果你不變成那樣的話，想要擁有新的身體，是不可能的喔！吵死人的雜草？對魚那種東西沒有興趣？嘖、嘖、嘖，這樣不行喔。」

那位女性一邊搖動著手指，一邊斥責著布拉尼克。

「對不起！」

布拉尼克認真地道了歉。

「這是個什麼樣的地方呢？」

那傢伙問道。

「嗯，應該說是像學校一樣的地方吧！讓我來教你們要怎麼做，才能得到一個新的身體吧！不過，請先考慮看看，你是不是真的想要呢？現在這樣不是很方便嗎？輕輕的飄著，不是很好嗎？」

「我的話這樣就可以了，不過那小子就……」

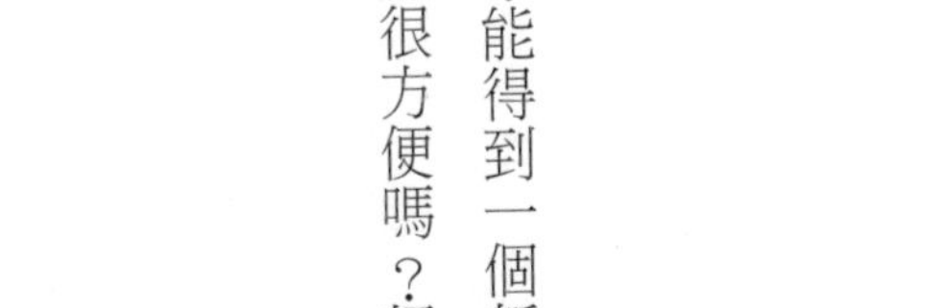

「不要！我想要身體，可是，如果沒有你一起的話，我也不要，因為我一個人會變得很寂寞。」

布拉尼克害怕地鬧著脾氣。

那傢伙雖然想要一個人在宇宙間旅行，可是總覺得對於布拉尼克從身體裡離開的這件事，自己必須負起一些責任。

「我明白了。老師，希望你也一併教導我。」

那傢伙下定決心地說。

那個女性的臉上，堆滿了笑容。

「好，那麼開始吧！首先，必須要有構想才行。嗯，沒辦法一開始就做成像人類那樣複雜的身體，先從單細胞開始吧！」

「咦，那我們的身體是誰做呢？」

那傢伙吃驚地問著。

「真是一個好問題。當然，靠自己是做不出來的，但自己從一開始就必須負起責任。所謂的負起責任，就是要了解製作方法不是嗎？以建築的概念來說，你們必須先成為現場的監督者才行，瞭解了嗎？請到海裡去，把最單純的生物找過來。」

從那天開始，那傢伙和布拉尼克便從單細胞生物開始，學習細胞分裂的方法。

這真是個非常困難的學習，稍有不慎的話，染色體就會變得雜亂無章，而且還會產生不尋常的東西。不過，在持續不斷地練習之下，他們已經可以將染色體區分得很好了。

一段時間之後，兩個人的靈魂終於記住了細胞分裂的方法。

「嗯，做的很好。明天開始學習原始器官的組成方法，當你們學會了，將進入第十課的環形動物做法，在那之後就是做法最困難的骨髓了。」

聽了這些話之後，那傢伙和布拉尼克都嘆了一大口氣。

他們學習了很久，把進城的事，完全放到一旁。

在這段期間，他們學習了魚鰓的做法之後，獲准到海裡游泳一天。

「兩個人都表現得很好，請小心地去吧！」

這天，他們充分地感受到了海水的美味。

「不過，對我來說，空氣還是比水好啊！」

布拉尼克這麼說道。

「不要抱怨了，現在才正要開始呢！」

開始是腮，接下來就是肺了，我們明天就要學習肺的做法了。

你希望老師教你吧？

喂，布拉尼克。盡可能地潛到深一點的地方吧！」

不管潛到多麼深的地方，仍然可以聽到那個不可思議的海草的節奏，好像在催促什麼似的。

最後一天，終於來臨了。

在這段期間，那傢伙和布拉尼克陸續學會了各種型態的生物的製作方法。

「老師，謝謝您了。」

布拉尼克不好意思地說道。

「老師，魚果然是很有趣的。」

「很好，你終於明白了吧！從現在開始，自己也能在某處製造幾兆種的新生物了，選出自己喜歡的形狀，負起責任吧！如果還是想變成人的話，就要好好遵守規則，這樣進入一個新生物時，之前的事情就會忘得一乾二淨，全部都會忘光。」

「嗯，那真可惜啊！」那傢伙說。

「如果不想，那就在宇宙旅行吧！宇宙那麼大，多的是從沒聽說過的地方，不過，那個美麗的藍色地球真的是個好地方呀！

想再回去一次嗎？你回去的話，就不用再回到這裡了，你已經畢業了，已經盡了

所有生物應盡的義務，不需要再回來這裡了。但是，布拉尼克會再進入一個身體，再多累積些未曾有過的經驗。」

「這樣布拉尼克會變得很孤單……」

那傢伙開始擔心起布拉尼克。

「那就讓你跟布拉尼克找個合適的地方，你們一起去吧！從現在開始，你想做什麼就自己決定吧！」

說到這裡，老師已經熱淚盈眶了。

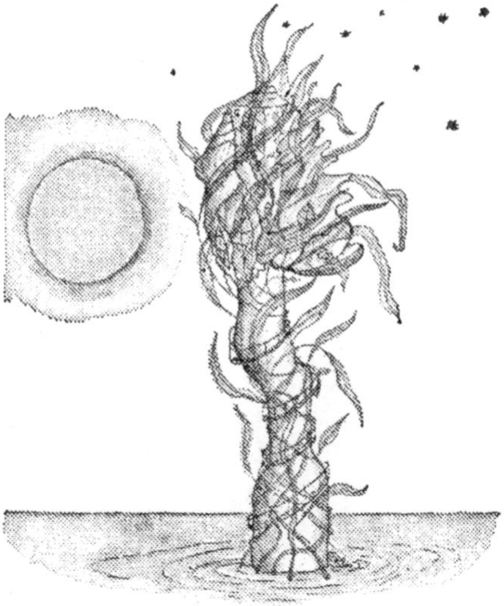

「這片海，是由我的淚水累積而成的，你們應該不知道吧？」

「為什麼要哭呢？」

那傢伙好奇地問道。

「因為，你不會再回到這個城了。」

那傢伙也想哭了，但是他沒有眼睛，所以沒辦法哭泣。

「你們都稱我為老師，其實，我是靈魂的母親。」

「靈魂的母親？那麼，母親大人，我們先告辭了。」

這時，接近太陽的地方剛好出現了黑點，那傢伙乘著宇宙的風，帶著布拉尼克的靈魂回到地球。

第二十六章

「終於完成了！」

我敲了敲自己的背。

「恭喜了，做的不錯呢！」

我沾沾自喜地自問自答著。

寫完一本書的時候，最初自滿的那種心情已經消失，剩下的只有心平氣和，我想我比任何人都要了解這點。

總而言之，這本書完成了。

看看漫畫吧！喝杯威士忌吧！泡個舒服的澡吧！

走出了書房，坐在客廳的沙發上，我喝下一杯威士忌之後，走到浴室裡去。

正要刮鬍子的時候，看到鏡子因為熱氣而起了霧。

「可惡，這樣看不到啊！」

用手抹了抹鏡子，一個發光的眼睛向我使了個眼色。

我不禁笑了出來。

「喂，不要玩什麼捉迷藏唷！」

我舀了一些水，把它倒在鏡子上。

鏡子上的霧全部都不見了，但映照出來的，卻是我那張恍惚的臉。

——又來了嗎？

一直到最近，我都留著鬍子。

從開始長鬍子的那一刻起，我就一直留著鬍子，因為真的很討厭自己早上醒來時的臉，用鬍子多多少少可以遮蓋一下。

臉上有著像聖伯納犬般下垂的眼睛，布滿洛磯山脈般的皺紋，以前比賽時撞歪的鼻子……

一大清早，有誰願意看到這樣的一張臉呢！

現在，我正在刮著我的鬍子。

畫在我臉上的皺紋地圖，以前覺得它醜，現在反而覺得挺有趣的。平常人都是從自己的臉看到這個世界的，我想偶爾也應站在其他人的立場，看看自己的臉才對。

那傢伙，常常從鏡子裡開我的玩笑，就好比說像是今晚……

我抱著必死的決心和刮鬍子奮戰著，那傢伙卻跟我玩起捉迷藏遊戲。

「好痛！喂，割到了啦！」

「用面紙擦一擦就好了，伯伯你的臉凹凸不平，不割到才奇怪吧！」

那傢伙說的這些話，讓我的心情又變得不愉快了，牙也沒刷就走出浴室，穿著寬鬆的衣服回到書房。可是，那傢伙又在書桌上面坐了下來……

「喂，那是花了好長的時間寫的原稿，快離開那裡！」

「啊，伯伯又生氣了，對吧！要不要來杯咖啡？可以讓心情變好喔，拜託！」

「沒有你的邀請，我也會喝好嗎？」

我拿來了威士忌和水，倒了一杯，那傢伙一直看著我。

「我懂了、我懂了，如果只倒一半在杯子裡的話，就有種不安定的感覺。拜託別拿，放在那邊！」

「伯伯，你說的那本書，寫完了嗎？」

我將冰冷的玻璃杯緣往嘴唇靠，喝下了一些好喝中帶點苦和嗆的威士忌。

「對，是這樣沒錯。」

「讓我看看。」

「就在你屁股底下啊！如果你屁股上有長眼睛的話，就請看吧！」

那傢伙哈哈大笑。

「喂，不要在大半夜裡笑得像烏鴉一樣好不好？你會吵醒附近的牛的。」

那傢伙站了起來，這次喀噠一聲地坐在我寶貴的打字機上面，然後俐落地拿起我寫好的原稿，開始認真地讀了起來。

我和那傢伙都沉默了一會兒。

如果在作家的眼前，有個默默讀著那個作家原稿的人，我相信一般作家都會產生一種奇妙的感覺吧！

我已經忍不住了。

「你覺得如何？」

我問道。

叮噹！叮噹！攪拌放在杯子裡的冰塊，發出了小小的聲音。仔細一看，眼裡浮現出了一座冰山。

那傢伙沒有回答。

「你覺得如何？」

我問了第二次。

可是，那傢伙還是沒有回答。

我把視線從玻璃杯裡的冰塊中移開，往打字機方向看過去，那傢伙已經不在那裡了。我不禁嘆了一口氣。

「這種時候，那傢伙總是不發一語。」

我一個人嘀咕著，把杯子放下，並將書房的燈關掉。

這個時候，我覺得遠方傳來了那傢伙的聲音，便往窗外的積雪看去，但已看不到那傢伙的蹤影。

我打開了窗戶，我叫著。

「喂！」

但只聽到雪掉落下來的聲音。

這是我遇到那傢伙的最後一晚。

當我被一堆原稿弄得頭昏腦脹時，他經常一早就跑來打擾我，好幾次都吵得我不得安寧……

從那天開始，就像斷了線的風箏，那傢伙沒有再出現在我的面前了。

——那傢伙，到底跑到哪裡去了呢？

搞不好，當我脫皮的時候，那傢伙會來接我也說不定……

環保文學 The Literature of Environmental Protection 005

戰爭的寓言

作　　者：C. W. 尼可（C. W. Nicol）
譯　　者：黃靜怡
總 編 輯：許汝紘
副總編輯：楊文玄
美術編輯：楊詠棠
行銷經理：吳京霖
發　　行：楊伯江、許麗雪
出　　版：信實文化行銷有限公司
地　　址：台北市大安區忠孝東路四段 341 號 11 樓之三
電　　話：（02）2740-3939
傳　　真：（02）2777-1413
www.wretch.cc/ blog/ cultuspeak
http://www. cultuspeak.com.tw
E-Mail：cultuspeak@cultuspeak.com.tw
劃撥帳號：50040687 信實文化行銷有限公司

印　　刷：彩之坊科技股份有限公司
地　　址：新北市中和區中山路二段 323 號
電　　話：（02）2243-3233

總 經 銷：聯合發行股份有限公司
地　　址：新北市新店區寶橋路 235 巷 6 弄 6 號 2 樓
電　　話：（02）2917-8022

2012 年 10 月初版
定價：新台幣 320 元

國家圖書館出版品預行編目(CIP)資料

戰爭的寓言/ C.W.尼可（C. W. Nicol）著 ; 黃靜怡譯. —— 初版——
臺北市 : 信實文化行銷, 2012.10
面； 公分. --（環保文學 ; 5）
譯自 : 風を見た少年

ISBN 978-986-6620-66-9（平裝）

861.57

101019481